FELIPE RIMA

SONHOS... E AS PEDRAS NO CAMINHO

FELIPE RIMA

SONHOS

E AS PEDRAS NO CAMINHO

1ª Edição
Fortaleza, 2017

CeNE
EDITORA

APRESENTAÇÃO

Nas próximas páginas o leitor vai conhecer uma história capaz de comover, inspirar e transformar perspectivas. Antes de ser o conhecido e premiado *rapper* cearense, Felipe Rima foi um adolescente cheio de sonhos vivendo em uma das mais de quinhentas comunidades de Fortaleza. Inserido nessa realidade, onde o crime é visto como a principal ferramenta de ascensão social, tendo importantes referências dentro de casa, Rima possivelmente seria mais um número entre as estatísticas de segurança do Estado, mas um convite inesperado traçou uma nova curva no trajeto do garoto da Zareia. Era um encontro com a oportunidade. Conheceu Drummond, Fernando Pessoa, Manuel Bandeira e percebeu que a poesia também conta histórias. Sonhou em ser poeta, virou *rapper*. A narrativa passeia não apenas pela história de Felipe, mas traz personagens e momentos marcantes para compreender seu universo: a cumplicidade com o vizinho e melhor amigo Mariano; o contato com armas e drogas ilícitas; a figura do pai, ex-dependente químico e sua história de superação; o drama da mãe que tentava, por meio de muito trabalho, desvencilhar a família do crime; a transformação de Felipe sob os olhos da socióloga e professora Glória Diógenes; a árdua tarefa de manter os sonhos acesos dentro de um cenário inóspito a ilusões; e, por fim, um receptor especial da arte de Rima.

Que esta mensagem seja o ponto de partida para você, caro leitor, mapear as pedras existentes em seu caminho e retirá-las, uma a uma. Também é uma mensagem de esperança para todos aqueles que acreditam no poder dos sonhos e que acreditam, sobretudo, no poder da oportunidade. Há uma infinidade de talentos, como Felipe, a serem descobertos, garimpados, impulsionados. Seja o encorajador do sonho de alguém. E não se esqueça, nem por um minuto, de viver segundo o pulsar da sua alma.

Mariane Dantas
Jornalista com MBA em Gestão de Assessoria
de Comunicação pela Universidade de
Fortaleza – UNIFOR.

DEDICATÓRIA

Quando penso, paro e sinto a palavra dedicatória, derivada de dedicar, o que logo me remete à dedicação...

Sinto, reflito que nada mais genuíno que dedicar esse livro à representatividade das mulheres no universo, nos versos.

Meu coração escolheu quatro mulheres para dedicar essa obra e não por capricho, mas sim porque tenho observado e aprendido muito com a força que todas as mulheres emanam no mundo.

Dedico este livro à mulher mais importante da minha vida, minha mãe, que hoje tenho a felicidade de ver seus olhos brilharem de amor quando compartilhamos vitórias e conquistas, depois de tantos desafios superados.

Dona Luziane, a Lora da Zareia a quem devo valores, devo a vida e trago a responsabilidade de honrar a sua presença e sua história. Minha mãe, te dedico, de pé, porque assim, sempre te vi, de cabeça erguida, com o peso do mundo nos ombros e um olhar desafiador sempre marcante.

Luziane Souza Miranda, meu amor, minha razão, sinto-me eternamente grato e feliz em compartilhar esse momento da minha vida que aqui está sintetizado neste livro; receba todo meu amor, sinta minha emoção e saiba que te amo.

Durante meus quase 30 anos tive a oportunidade de conviver com várias mulheres e perceber a importância delas; algumas conheci de perto, outras de longe e outras eu tive a felicidade de dividir a vida e trocar saberes que levarei pra sempre.

Dedico também, este livro e toda emoção que aqui habita, a minha Tia, Maria de Jesus Magalhães, a Tia Dila, minha querida tia, que sempre vi sorrir; ela é uma mulher que em todas as memórias, tenho seu sorriso sempre irradiante, o que pra mim é emocionante.

Tia Dila não está aqui, mas está entre nós! Seu legado e sua história para sempre serão lembrados, e eu faço questão dizer ao mundo que a minha tia Dila é símbolo de uma luta das mulheres por terem seu espaço e trabalharem com dignidade e respeito. Obrigado, Tia Dila, o Felipe agora é escritor e gostaria de te dizer isso, onde quer que esteja, que a poesia dessa vida te abrace em todas as dimensões.

Dedico à memória de Dona Maria Pereira da Penha, uma mulher negra, periférica, batalhadora que entre tantas dificuldades sempre honrou seu amor pelos filhos e família, que muito me ensinou, quem muito me acolheu, sorriu comigo das piadas bobas que fiz e me deu abrigo e comida quando precisei; dona Maria da Zareia, obrigado.

E parafraseando o cantor, "Tu és a linda rosa que não é rosa, mas é a flor das flores". Dedico à memória da Dona Rosa Fernandes Pires de Oliveira, a Rosa que me presenteou com melodia pra poesia através de seu fruto, uma mulher comum, mas com amor incomum, dedicação pela vida e pelos sonhos, pela fraternidade e símbolo da nossa terra cearense.

AGRADECIMENTOS

Agradeço a Deus, pela vida, pelo dom da palavra, pela energia, pelo amor, pelo amparo e pela força pra viver.

Agradeço ao meu pai, José Aribamar Miranda, meu norte, e tenho dito, se eu puder ser para meus filhos 1% do que meu pai é pra mim, tenho certeza que eles terão um pai incrível. Eu amo meu pai e trago uma admiração por ele que não cabe em mim. Obrigado mestre, você é o cara! E eu te amo!

Agradeço à minha mãe, Luziane, Lora, pela amizade, pelo amor, pela confiança; eu trago tantas coisas boas vindas dessa mulher que sempre que penso nela eu me emociono, choro, meu coração sorri; enquanto eu viver lutarei por nós, seja catando latinhas ou vendendo esperança, seja dividindo comida do lixo ou fechando o restaurante pro seu aniversário, seja a pé ou de avião, seja como for, mãe, sou e serei eternamente grato a ti. Não tens apenas meu amor, meu coração é teu.

Agradeço aos meus irmãos que me acompanham, a toda minha família, ao Osvaldo, ao Matheus e Claudiane que de várias maneiras me ajudaram a chegar aqui, deixando fluir suas emoções.

Aos sobrinhos Israel e Carolaine e ao Dudu Euzimar, pelo respeito e amor que a gente sempre troca juntos, pelo que é sério e pelo que é pra rir.

Agradeço à Andreza Nascimento, pela confiança, pela cumplicidade e por me ajudar a conduzir a vida de maneira tão poética. À Bell Alcântara, pelo respeito e admiração e por acreditar sempre nas minhas loucuras mais loucas e junto a mim viver tantos momentos marcantes.

Bell, obrigado pelo amor e por sonhar esses sonhos mais insanos ao meu lado, por voar com os pés no chão, por me dar a mão para juntos mergulharmos e desvendarmos esse mar bravio da nossa história que nos banha de tanta emoção e amor.

Andreza, obrigado pelo brilho dos olhos, olhos que sorriem e resplandecem amor desde sempre, gratidão pela inspiração, por trazer um novo olhar pra minha vida e por ser parte dessa história que vai ecoar no mundo.

Agradeço a todos os meus amigos e amigas que me apoiam nessa jornada, que me viram chorar e me fizeram sorrir, que me ajudaram a erguer a cabeça quando minha fé estava fraca, que doaram seu tempo para o meu crescimento e que, sobretudo, trocaram comigo emoções pra que a chama da poesia que habita em mim nunca apague.

Aos meus chapas do Batuque do Coração, que acreditaram nessa história que somaram comigo, que me ajudaram a espalhá-la no Brasil e no mundo, doando seus talentos e suas presenças, por tudo que temos vivido juntos, na ausência de recursos e na fartura, obrigado.

Agradeço ao Projeto Enxame e aos seus idealizadores e colaboradores, por serem um divisor de águas em minha vida.

Agradeço à Red Bull e ao Programa Red Bull Amaphiko por ter me dado a oportunidade de ampliar meus impactos e amplificar minha voz; agradeço a cada pessoa que faz parte desse trabalho para o desenvolvimento de empreendedores e iniciativas no mundo e sinto-me honrado em representar o Brasil nesse time de inovadores sociais em diversos países.

Agradeço à editora CENE, ao Edmilson Júnior, Irenice e Igor pela confiança, pela parceria, por me darem a oportunidade de escrever e publicar tantos devaneios e acreditarem que juntos podemos mudar o mundo, com arte, literatura, educação e trabalho.

Agradeço a Maria Rodrigues e Evelyne Andrade por fazerem parte dessa história de maneira tão expressiva e significativa, mesmo quando poucas pessoas acreditavam, eu sei quem estava lá.

Agradeço a cada leitor e a todas as pessoas que de alguma maneira já ouviram meu *rap*, minha história e se sentiram tocados por minha poesia.

Obrigado, Mariane Dantas, por acreditar e me ajudar nesse processo de escrita do livro; sua presença foi fundamental.

Glória Diógenes, gratidão, por me apresentar a poesia no livro de Drummond e por hoje fazer parte do meu livro cheio de poesias e possibilidades.

Que agora se abra o novo ciclo e que a vida seja generosa com nossos sonhos, mesmo que tenhamos que lidar com as pedras no caminho...

ZAREIA

ZAREIA

O lugar é Fortaleza, a favela da Zareia, lugar onde eu andava descalço com pé na areia.

Bem, antes de tudo, antes de rimar, deixe-me apresentar um pouco do que meus olhos puderam contemplar na minha construção de mundo e como ser humano, partindo do meu lugar de origem. Eu nasci numa comunidade chamada Zareia, localizada no bairro Papicu, em Fortaleza. Quando fecho os olhos, consigo ver, com riqueza de detalhes, ainda em tons de sépia, cenas marcantes que me fazem ver o quanto valeu a pena vir ao mundo e receber como lar e berço para meu crescimento essa comunidade.

A Zareia sempre foi uma comunidade pequena, poucos habitantes, acredito que umas 600 pessoas entre adultos, jovens e crianças. Quando tento fazer um resgate das primeiras memórias, recordações desse lugar, lembro da areia na rua entrando nas casas. As donas de casa sempre que iam varrer tiravam bastante areia, isso acontecia nas casas que já tinham piso, as que não, tinham a areia como parte do ambiente. Essa mesma areia servia como palco das brincadeiras de criança. Eu brinquei muito, de bila, bola, pega-pega, polícia e ladrão, soltava pião e ainda na areia montava estruturas de estradas pra brincar com os carrinhos quebrados que achava no lixo ou que ganhava das patroas da mãe, ou que ganhava quando passava alguém dando brinquedo pras crianças no Dia das Crianças.

Ter brinquedo não era nosso privilégio; por um lado isso era quase sempre cruel, porque na TV a gente via o que não poderia ter. Por outro lado perdi a conta de quantas brincadeiras inventávamos, quantos brinquedos criávamos e as milhares de possibilidades para um mesmo objeto que a gente dava, o que exercitava nossa criatividade.

Ah! Que saudade
Do tempo que já passou,
Posso ver na idade
Que muito já mudou.

Lembro-me das brincadeiras
E da forma que vivia,
Lembro-me da baladeira
O quanto trouxe alegria.

Correr de pé no chão,
Sonhar em ser artista,
Pegar bigu no caminhão
E cair no meio da pista.

Jogar bila, jogar bola,
Esconde-esconde, pega-pega,
Fazer roupa de sacola
E brincar de cabra cega.

Pensava em cantar,
Mas não em ser poeta,
Ouvi muito a mãe falar:
Menino te "aqueta".

Quando paro pra pensar
Vejo a beleza da infância,
É espetacular
A inocência de uma criança.

Em meio às emoções de ser criança, estudar, viver, pude ver e sentir muitas histórias que fazem hoje o que sou, o que aguça e enriquece minha visão de mundo. Na Zareia, as casas eram todas pequenas, de dois cômodos no máximo, todos os vizinhos se conheciam e conhecem os nomes dos pais, avós, tios e irmãos de todos. Me vem uma lembrança com cheiro de final de tarde: quando dava umas 16h, nossas mães nos banhavam e deixavam a gente brincar no terreiro da frente até anoitecer.

Sempre que lembro da minha infância, até os 8 de idade, lembro de coisas com cores fortes e atenuadas, algo bem vivo e muito lúdico. Você vai ter a oportunidade de mergulhar mais fundo comigo nessa história e explicarei melhor por que, até os 8 anos, os tons eram assim e quais as cores que vieram após essa idade.

Eu sou filho da Dona Luziane e do Seu Ribamar; durante as viagens e histórias que esse livro propõe anunciar, arrisco me emocionar e deixar transbordar pra você toda a essência de viver. Entre o que meu olhar leu e a vida me deu até aqui.

Tenho 3 irmãos: Claudiane, a irmã mais velha, Osvaldo, o segundo e Mateus, o mais novo. Eu sou o terceiro de 4 filhos, todos do mesmo pai e da mesma mãe.

Meu nome é Ribamar Felipe Souza Miranda, nome dado por meus pais. Depois dos 16 anos me dei um nome, ou melhor, a rua me batizou de Felipe Rima em alusão ao dom que descobri que habitava em mim, dom de poetizar, fazer rimas e poesias.

O lugar é Fortaleza, a favela da Zareia
Lugar onde eu andava descalço com o pé na areia.
Ali onde eu cresci, sorri com tão pouco,
Ali onde aprendi a resolver as fita no soco.

Trabalho infantil, criança lutando pela vida...
Carrego na feira até chorar por comida.
Vendo Romário na seleção correndo atrás da bola,
E eu correndo atrás da vida na quadra da escola.

Sempre fui o menor da turma, pequeno, pequenininho,
E às vezes o menor se sentia tão sozinho.
Foi bom pra eu me virar, aprendi a me virar,
Descobri o valor dos sonhos, me virei pra realizar!

Tava tentando descobrir onde a felicidade mora,
Até meu pai dizer: – Engole o choro, homem não chora!
Com essa frase na cabeça, e o sonho no coração,
Olhei pro horizonte e fui buscar uma solução.

Minha história passeia por tantos sorrisos que não cabem em mim, tantas dores que senti e momentos que deixaram cicatrizes pra sempre como símbolo de uma luta constante por uma vida digna. Entre conflitos familiares, drogas, falta de oportunidades, possibilidades, arte, *rap*, poesia, escola, mãe, pai, amores e sonhos. Entre achar o equilíbrio pra sorrir e o desequilíbrio necessário pra ser diferente, entre ouvir e viver, entre ler e escrever, entre ser e fazer, fazer acontecer.

Eu gosto sempre de conversar e contar pras pessoas sobre os meus sonhos, os três maiores sonhos que já tive até aqui. Eu descobri meu primeiro grande sonho quando tinha 8 anos de idade.

Eu queria ser jogador de futebol! Lembro que na época o jogador Romário era o maior expoente do segmento no Brasil. Claramente eu achava que se conseguisse me tornar jogador de futebol eu seria "feliz", teria tudo que eu nunca tive, ou que ninguém da minha família tinha tido até ali. Eu achei que esse sonho era superespecial e era, até que eu percebi que todos meus amigos também sonhavam em ser jogadores de futebol. Seria bem difícil, mas isso não me intimidou, porque os sonhos são grandiosos, sonhos são atrevidos e não cabe timidez em um grande sonho.

Lembro de uma cena incrível que aconteceu comigo, exatamente nessa fase. Aos 8 anos, no auge de sonhar em ser jogador de futebol, na rua da minha casa, aconteceu algo extraordinário. Só pra contextualizar, quando eu digo rua, não imagine uma rua larga, com fluxo de veículos, na rua da minha casa nem carro passava de tão estreita. Era, na verdade, um corredor de casas dividido apenas por um muro de um edifício residencial, onde sempre foi dito pra nós que ali moravam os "ricos".

Então vamos lá, no beco da minha casa, em frente ao prédio dos ricos, eu tava brincando de bila com uns amigos, mão na areia, triângulo desenhado com o dedo no chão e o peso das bilas nos bolsos, às vezes dentro de garrafas pet ou sacolas de supermercado. Estava tudo indo no fluxo até eu ver um grupo de pivetes correndo e dizendo assim:

– Eita mah, tão dando ó!

Eu parei, observei e vi mais pivetes ainda, correndo e dizendo: – Uris doido, mermão, tão dando negrada, tão dando!!! – Quando vi meus amigos que tavam brincando comigo correndo pra esquina e esquecendo as bilas, vi que realmente estavam dando algo muito importante. Seguindo um grupo de mães com seus filhos pequenos puxados pela mão e outros nos braços, consegui chegar na esquina e me deparei com uma multidão, cerca de 300 pessoas, quase toda a comunidade! Mas o que estaria acontecendo de tão inovador por ali, o que estão dando? Era a pergunta que não queria calar.

Era Dia das Crianças e tinha um caminhão parado na esquina, com uns homens em cima distribuindo brinquedo. Eu pensei: Uau! Que mágico isso! Nossa, que louco! Vivaaaaa! Ainda recordo da animação que inundou meu coração! Eu nunca fui lembrado pela estatura, sempre fui o menor da turma, pequeno, pequenino. Foi então que vi um grande desafio: meu tamanho! Como eu ia conseguir um presente? Como entrar ali e como ia fazer pra que os homens donos dos brinquedos pudessem me ver? Foi ali que fiz minha primeira parceria na vida, chamei um homem alto da comunidade e disse pra ele: – Ei, chapa, levanta o nego aí na limpeza, vá lá? Ele não me respondeu, já foi logo me puxando pelo braço e me ergueu em direção aos brinquedos. E eu consegui pegar um presente! Chapa, eu consegui! E foi inacreditável! Porque eu consegui pegar um presente inestimável, o melhor do mundo na minha visão de mundo.

Imagine a cena: eu erguido pedindo "– Ei mah, me dá um! – Me dá um, ei me dá um". De repente o homem do caminhão me deu um brinquedo e eu ainda erguido, li como se vivesse tudo em câmera lenta o que tava escrito no rosto do meu brinquedo: – DEN-TE DE LE-I-TE! – Era uma bola, uma bola dente de leite!

Essa foi a primeira vez na minha vida que eu senti uma emoção tão grande que quase eu choro, você já deve ter sentido essa. Eu fiquei transbordando de felicidade, meu sonho era ser jogador de futebol e eu ganhei uma bola, foi demais!

Fui logo imaginando o futuro brilhante que me aguardava e logo convenci meus amigos a jogar de bola e não mais bila, assim fizemos. Com dois pares de chinela fizemos as travinhas, entre as casas e o muro dos prédios, formamos times de três com um time de fora, e assim seguimos nossos próximos 20 minutos. Isso mesmo! 20 minutos, no máximo, foi o que durou a brincadeira nova.

Eu dei um bicudo na bola, chutei com muita força e ela foi alto demais, em direção ao muro do prédio, e bateu nos "pega-ladrão", ferrinhos e pedaços de vidros que ficavam em cima do muro para proteger o prédio e talvez os sonhos de quem lá morava, mas minha bola bateu e ficou, rasgou e ali eu degustei o amargo da frustração.

Eu tava tão feliz! Foi inacreditável! Parei por uns segundos olhando a bola, sentei no chão olhando pra ela como quem sente luto, senti ali meu sonho ir por água abaixo. Na minha ingenuidade ou guiado pelo brilho do sonho, eu imaginava que se eu treinasse na rua da minha casa com aquela bola eu seria o Romário um dia; foi foda ver a bola furada! Levantei, juntei meus chinelos que estavam como trave do gol e chorei. Fui pra casa chorando.

Assim que entrei em casa vi meu pai, ele tava numa cadeira, usando boné, óculos escuros, dois relógios de pulso, um em cada braço e logo ele percebeu que eu tava chorando. Sem tirar os óculos do rosto, apenas baixando para que os olhos aparecessem, ele me olhou e perguntou:

– Tu tá chorando por que, macho?

– Minha bola furou! – respondi.

Ele retrucou: – Conta essa história direito que nem bola tu tem.

Foi quando eu contei a história toda. Quando terminou de ouvir tudo, dessa vez agora tirando os óculos escuros, me fechou com seu olhar, dentro dos meus, encarando meus sentimentos e ordenou:

– Engole o choro macho! E fundamentou: – Porque homem que é homem não chora!

Esse dia me trouxe vários aprendizados, me fez ver um mundo novo dentro de mim e sentir uma vida nova, externa a mim, e ver meu pai como nunca tinha visto antes. Acreditei numa das maiores mentiras do mundo: que homem que é homem não chora. Sim, eu acreditei! Acredito que você também já tenha acreditado nisso. Ou será que ainda acredita?

Eu estava diante do maior conflito de emoções da minha vida, até ali. Diante de um sonho e do sentimento de poder realizá-lo. Diante da frustração de pessoalmente ter estragado tudo. Diante da minha fragilidade e fortaleza como criança sonhadora. Diante do meu herói, meu pai, dizendo que homem que é homem não chora. Absorvi ali, que não importa seus sonhos, seus sentimentos, chorar é pros fracos.

Afinal, era meu pai que tava dizendo! E para o universo de uma criança, que tem seu pai em casa, essa é uma informação muito forte e com total poder de influência. Esse foi um dia marcante, um dia que mudou minha vida, mudou minha forma de ver o mundo, mudou minha sensibilidade; a partir dali eu passei a ficar atento a outras coisas que já existiam ao meu redor, mas não, até então, pra mim relevantes, ou eu nem chegava a ver.

Que coisas são essas, do que você tá falando Felipe?

Bom, vamos voltar um pouco para o episódio da bola: Na ocasião, além da frase "homem que é homem não chora", veio outra atitude que justificava a convicção do meu pai. Ele me entregou um revólver nas mãos, e disse: – Segura isso aqui, que isso aqui, sim, é coisa de homem. Levante ele e sente o peso. – Quando ele disse pra sentir o peso, eu senti apenas o peso físico e não imaginava o peso que uma arma poderia trazer pra alma.

Uma frase tem poder! Uma frase com um símbolo visível tem fascínio! Uma frase com um símbolo visível e palpável vindo da sua maior referência humana é um presente!

Apesar de a situação ser bem delicada, o sentimento de frustração e tristeza foi se transformando em gratidão. Meu pai me deixou em choque e, ao mesmo tempo, me senti forte. Um menino mole, ganhando feições de homem duro, foi rápido esquecer o sonho de ser jogador de futebol. A vida vai estar a todo momento te apresentando coisas novas e, às vezes, quem te apresentará as coisas mais incríveis e desafiadoras são as pessoas que você ama.

Depois disso passei a observar tudo e todos mais atentamente, logo percebi, aos 9 anos de idade, que toda minha família era envolvida com o crime: pai, irmão, tios e até minha mãe, consequentemente, se envolvia.

Todos os meus tios eram homens que apresentavam uma imagem forte para nossa comunidade, eles tinham armas, usavam drogas, eram considerados, respeitados na área; essa imagem era fascinante. Meu pai era tudo isso e mais um pouco, ele era liderança, tinha mais respaldo, e eu ficava cada vez mais curioso pra entender esse universo deles.

Quando eu tinha 10 anos aconteceu um fato intrigante. Eu sempre estudei na escola Rogério Froes, até o final do ensino médio; essa escola fica no bairro Cidade 2000, em Fortaleza, a uns vinte minutos de caminhada da Zareia. Estudava pela manhã e fazia a 4ª série; voltava pra casa a pé e sozinho. A uns 200 metros, avistei umas viaturas da polícia na esquina da minha rua, lá onde dois anos antes estava o caminhão dos brinquedos. Quando vi as viaturas, já senti que poderia estar acontecendo algo na minha casa, afinal, eu já tinha o conhecimento de que todos da família tinham envolvimento com o crime e suas vertentes, drogas e armas.

Meu coração se encheu de dúvida, angústia e curiosidade; apressei o passo e saí quase correndo, passos rápidos e medrosos. Quando cheguei na esquina, coração aflito, buscando achar a coragem de homem duro pra chegar logo em casa e ver o que tinha acontecido, me deparo com algo longe de tudo que eu poderia imaginar, vi algo que nunca vou esquecer. Constatei que de fato estava acontecendo algo na minha casa. Os policias estavam todos lá! Fiquei trêmulo e com muito medo, pois logo pensei que meus pais seriam detidos e presos.

Mas o que vi nos segundos seguintes foi absurdamente surpreendente!

Vi meu pai sorrindo, minha mãe trazendo café e policiais sentados em volta de uma mesa de madeira. Eles estavam descontraídos, sorrindo e conversando como membros da minha família. Aquela cena me deu um alívio, vi que estava tudo bem, embora eu tenha ficado totalmente confuso, afinal por que os policiais estariam sorrindo na minha casa?

Bom, logo eu percebi que estava havendo uma negociação que envolvia a compra de armas. Os policiais estavam negociando valores e apresentando modelos; só percebi que era uma venda de arma porque parecia muito com o que via com os galegos, vendedores ambulantes, que sempre passavam na rua da minha casa e paravam lá vendendo coisas a serem pagas à prestação.

Claro que eu não imaginava que isso poderia se dar com armas, nem na minha casa, nem com minha família, muito menos com vendedores policiais! Receber essa informação aos dez anos de idade, me fez entender que ali era um novo futuro se apresentando, dentro da lógica apresentada a mim e na *gestalt* que eu estava inserido. Depois que constatei que estava tudo bem, joguei meu caderno na cama que ficava no segundo cômodo, dos três da nossa casa, e fui assistir ao desenho animado que passava na TV. Naquela época era comum chegar da escola e já ir assistir aos desenhos animados que antecediam o horário de almoço.

Eu me recordo que, no dia seguinte, já contei essa cena com entusiasmo pros meus amigos da escola. Parecia uma coisa muito boa, um *status*, algo que me deixava à frente do meu tempo e à frente de muita gente da comunidade. Minha família era ícone, meu pai um herói, via nele poder, segurança, ele sempre muito confiante e seguro de tudo que falava, postura firme, algumas vezes, frio e implacável e outras, sorridente como ninguém.

Minha mãe sempre trabalhou fora de casa como doméstica. Eu me questionava por que ela ainda continuava trabalhando fora, mesmo a gente não precisando tanto, mas na verdade, quando não faltava dinheiro, faltava honestidade, de certa forma. E era isso que ela enaltecia e mantinha em pé nos ensinamentos. Ela sempre trabalhou, deixava claro que pra viver com dignidade e respeito, o trabalho era o que edificava o ser humano.

Cheguei a presenciar muitos conflitos sobre como minha família estava conduzindo o futuro. Minha mãe repreendia meu pai quando ele usava drogas na minha frente, ela nunca gostou disso. Por outro lado, meu pai sempre que acendia um baseado perto de mim, me pedia meio que como amigo pra eu não contar nada pra ela. E assim a gente seguia.

Aconteceram muitos altos e baixos entre meus 10 e 15 anos de idade, o que me fez entender o mundo de maneira muito peculiar. Acredito que se você fizer um resgate da sua história e degustar um pouco das lembranças de 10 a 15 anos de idade vai sentir o quanto você traz muito de lá pra sua vida hoje.

Claro que vou falar mais detalhadamente sobre tudo, mas numa síntese eu vivi entre opressão, machismo, agressão familiar, violência contra meus direitos, fome, dinheiro, celulares do momento, carros novos, várias casas da nossa família, momento de não ter nenhuma casa, comida farta, comer comida do lixo, choro, sorriso, brincadeiras de criança, recrutamento no crime, discernimento sobre as drogas e seus tipos, pai no auge, pai no fundo do poço, irmão mais novo e irmão mais velho na cadeia. Via sempre o passado resgatando marcas e o presente cobrando presença. O futuro me seduzindo com promessas fajutas e a vida me agraciando com uma esperança genuína.

Na vida da gente, instintivamente, somos induzidos a seguir o que é melhor pra gente, e o melhor é, muitas vezes, ligado a tudo que você entende como vitória, sorriso e contemplação dos caminhos. No entanto, até chegar no campo do seu entendimento, você vive, absorve vida, conhecimento, cultura inerente ao seu local, bairro, cidade, país e daí por diante, o que te faz um ser que vive e decide seu futuro, mesmo sabendo que a tendência é você buscar dentro de tudo que te foi apresentado, pessoalmente, o que julgar melhor.

Bom, já não é segredo que eu sonhava em ser jogador de futebol, assim como centenas de milhares de crianças e jovens que nascem no país do futebol. Dos oito aos dez anos, eu vivi revoluções de sentimentos e conhecimentos, dos dez aos quatorze, vivi um treinamento e recebi uma chuva de conhecimentos específicos inerentes à cultura do local onde nasci e cresci.

Nas águas dessa fase eu e vocês iremos nos molhar, mas antes de mergulhar nesse mar, deixe-me te falar qual o segundo grande sonho da minha vida. Aos quatorze anos de idade meu maior sonho era conseguir dominar o crime e o tráfico em pelo menos oito comunidades da zona leste de Fortaleza. Isso, mesmo! Meu sonho era ser o maior ícone do crime e do tráfico na capital. Para muitas pessoas, isso não é um sonho e sim um pesadelo! Assim como ainda hoje muitas pessoas têm esse sonho!

AH! QUE SAUDADE
DO TEMPO QUE
JÁ PASSOU,
POSSO VER NA
IDADE
QUE MUITO JÁ
MUDOU.

O CONVITE

O CONVITE

Mas por que ser um ícone do crime pode ser um sonho?

Os sonhos nascem das nossas referências, referências de vitória. E onde elas estão senão no meio em que estamos inseridos? E onde eu estava inserido? Eu nasci e cresci ali, meus pais não tinham amigos médicos, advogados, empresários ou acadêmicos.

Pra você ter noção, até os meus quatorze anos de idade, apenas uma pessoa terminou o ensino médio na rua em que eu cresci. E esse acontecimento, pra nós, era massa, a gente chamava o cara pro nosso time quando íamos jogar, só porque ele terminou o ensino médio, que pra nós significava terminar os estudos.

Bom, sobre a pergunta, o que você vai ser quando crescer, faça ela pra qualquer criança do mundo hoje e você vai sentir verdade na resposta. Mas essa verdade vai estar ligada ao que ela vê na TV, ao que ela vive e vê na comunidade dela, que pode ser uma favela ou condomínio residencial. Também pode estar ligado ao que os pais e sua rede de amigos apresentam como vitória.

No meu mundo, na minha perspectiva, tínhamos o dono da bodega que era uma referência na comunidade, conhecido e tudo mais, todos os moradores compravam lá. Então é uma possibilidade massa. Tínhamos os donos dos depósitos de lixo e ferro velho, as donas de casa, as domésticas, trabalhadores de carteira assinada e também a galera do crime. Veja bem, imagine você ver essas possibilidades em sua frente, poucos exemplos de superação, nenhum glamouroso. Nós tínhamos vários exemplos de superação, mas se não tem *glamour,* não parece superação.

No meu caso, eu tinha uma mãe que trabalhava de empregada doméstica, meu pai tinha uma bodega e era envolvido com o crime! Eu quis ser o sucessor dele, fui educado pra ser, descobri cedo que eu não teria herança, mas poderia suceder um trono invisível, porém palpável de *glamour* e poder na lógica do crime. No alto dos meus quatorze anos, eu conseguia vislumbrar um futuro incrível, imaginava que ao suceder meu pai, eu teria respeito, dinheiro, mulheres bonitas, bens valiosos e seria uma grande referência em Fortaleza. Mas a vida é cheia de possibilidades e nesse período aconteceu algo que me fez parar, refletir e recuar dos sonhos de ser do crime.

O que você acha que aconteceu? O que poderia mudar minhas convicções? O que poderia mudar meu olhar? O que poderia me fazer ver que ser do crime não era mais tão interessante? Sempre que eu faço essa pergunta, é muito comum as pessoas falarem coisas do tipo: seu pai morreu, sua mãe foi presa, seu irmão foi assassinado. Isso prova que dificilmente alguém vai olhar pra nós, vindo de onde a gente vem, com a história que carregamos e vai suspeitar que algo bom poderia acontecer no roteiro de nossas vidas.

O que aconteceu foi o seguinte: eu tenho um amigo chamado Mariano, ele é meu amigo de infância. Só pra você entender, nossas mães se conheceram antes de conhecerem nossos pais. Depois de uma festa, um baile de forró, nossos pais se tornaram namorados e eis que eu e Mariano fomos gerados, nascemos com poucos meses de diferença de um para o outro.

Foi ele quem me deu uma notícia que mudou meu percurso. Tínhamos a mesma idade, ele foi na minha casa e disse: – Felipe, tem uma parada aí que dá certim pra nós. Quando ele falou, pensei em quantas armas iríamos precisar pra essa parada, mas antes que eu perguntasse ele foi dizendo: – Mah, tem um projeto aí de *hip hop* que é massa, eu vi que lá vai ter aulas de grafite e como tu mete os nomes, é pichador, seria massa a gente ir. O que tu acha?

Eu achei massa! Falei: – Vixe mah, que massa doido, vamo nessa então que vai ser doidera! – Imaginei meu nome grafitado numa parede e logo me animei pra fazer as inscrições. Nós pedimos umas bicicletas emprestadas e fomos em busca de encontrar esse tal projeto, o qual nós não imaginávamos que mudaria definitivamente o curso de nossas vidas.

Uma coisa é certa: no meio de tudo isso, das adversidades e felicidades da vida, ele, meu amigo de infância Mariano, é o cara que esteve sempre comigo. Por isso, como cada um tem uma voz especial nessa história, eu prefiro que ele também conte pra você um pouco como tudo aconteceu.

(ENTRA MARIANO)

Eu me chamo Mariano Penha, tenho 28 anos e, além de amigo do Felipe, sou membro do Batuque do Coração. Eu e o Felipe nos conhecemos desde a infância; a primeira lembrança que tenho dele é como aquela mais antiga que você tem na sua vida. Nossas mães se conheceram antes da gente nascer, elas eram amigas e moravam em casas vizinhas na mesma comunidade, as casas eram parede com parede.

Tudo que fazíamos tinha um grupo de amigos, mas eu e o Felipe tínhamos uma amizade mais forte pelo fato de morarmos mais próximos. E fazíamos tudo juntos: brincávamos, saíamos para pescar com o pai dele, para jogar bola no morro. Às vezes eu queria sair pra brincar e a gente combinava dele ir na minha casa pra que eu tivesse um pretexto, um álibi. Minha avó o chamava de "desinquietador das almas", porque tecnicamente era por causa dele que eu saía.

Eu sou o primeiro filho de dois, de pai servente e mãe doméstica. Desde criança eu cresci numa família desestruturada, não apenas financeiramente, mas a gente não tinha nenhuma assistência. Meu pai é dependente químico, alcoólatra, desde que eu me conheço por gente e quando ele ficava sob efeito do álcool, ele era muito agressivo, sempre entrava em conflito com a minha mãe. Apesar de ser alguém muito trabalhador e honesto, ele sempre foi um pai ausente, que não se preocupava com o exemplo que passava pra mim e minha irmã. E eu cresci nesse ambiente, em uma casa sem muitos recursos, que não tinha muitas regalias. Também dentro de uma comunidade que era muito propícia para a inserção no crime, nas drogas. Cresci nesse contexto social, onde quando eu comecei a entender o mundo, eu vi muitos dos meus amigos ingressarem na criminalidade. Porque a comunidade em si não oferecia muitos horizontes, não tinha nada além do que estava condicionado para nós.

Eu lembro que na infância, logo quando o Felipe começa a entender que a família dele é inserida no crime, a gente começa a procurar armas dentro da casa dele. Então, na inocência, muito crianças ainda, sem saber o que de fato significava aquilo, a gente procurava dentro das panelas da cozinha. Sempre quando todo mundo saía, ele ia lá na minha casa, me chamava, e era a diversão que a gente tinha, encontrar, ficar mexendo.

Em meados de 2002, quando eu tinha 14 anos, eu e o Felipe vivíamos fases da vida bem semelhantes: aquela fase de adolescentes, de rebeldia, de não estarmos muito interessados nos estudos. A gente gostava de *rap* e trocávamos as fitas para ouvir, mas as opções eram escassas, não tínhamos acesso a CDs. Então nossas referências se limitavam aos grupos do Sudeste: Racionais, Apocalipse 16, Facção Central e Realidade Cruel. Outra forma de ouvir *rap* era por meio de um programa de uma rádio comunitária do Mucuripe, todo dia a gente sintonizava, mas eu ouvia mais do que ele. Em um desses programas o locutor falou do projeto social Enxame, deu referências, e anunciou que estavam abrindo novas turmas nas oficinas de grafite, *break*, *rap* e artes plásticas. Na hora eu fiquei interessado pela oficina de grafite, eu gostava de desenhar e o Felipe também tinha aptidão. Então fui à casa dele, a família tinha se mudado para o bairro Caça e Pesca, e lancei o convite. Pedimos bicicletas emprestadas e fomos atrás do local onde funcionava o projeto. Fizemos as inscrições e na hora de escolher, tinha que se inscrever em mais de uma oficina, era a regra, no mínimo eram três. Alguns dias depois ligaram para o orelhão da minha rua, para me dizer que tínhamos sido selecionados para participar.

O projeto nos propiciou o feliz encontro com a socióloga e professora Glória Diógenes. Em um dos encontros, durante uma roda de conversa, ela começou a ler algumas poesias. Aparentemente, a gente não tinha ideia do que era poesia, achávamos que era aquele clichê romântico, de sentimento, foi quando veio a poesia do Drummond, todo mundo ficou rindo porque só falava de pedra. O Felipe teve outra reação, assimilou como o momento atual da vida dele. Quando a pedra que se encontrava no caminho dele era o *crack* que, por coincidência, possui o mesmo termo.

Depois a gente foi entender que a pedra que Drummond se referia poderia ser qualquer dificuldade que a vida nos impusesse.

Foi bem frustrante porque a nossa expectativa era fazer grafite, pintar muro, pegar em *spray* e a nossa realidade, na primeira aula, era uma roda de conversa com uma professora que trouxe poesia. A princípio, a nossa intenção era sair da ociosidade mesmo, a gente não tinha nada para fazer além de ir para a escola. Depois a gente foi ver, no decorrer desse processo de educação, a importância que aquele momento e aquelas oficinas trouxeram pra gente, porque elas ampliaram nossa visão de mundo e nos fizeram vislumbrar outros horizontes através da arte. No projeto, tivemos acesso a muitas atividades: montamos espetáculo de teatro, produzimos CD, fizemos uma exposição de fotografia, gravamos videoclipe, conhecemos museus. Tivemos acesso a um universo vasto.

A gente ficou no Enxame dos 14 aos 18 anos; após um ciclo no projeto nos tornamos arte-educadores. Eu segui no Enxame, o Felipe partiu pra outro projeto. Foi nessa época que minha namorada de colégio engravidou, acabamos nos casando devido à gravidez. Meu primeiro filho, Maurício, nasceria em 2006. Aí foi quando passei a trabalhar como arte-educador e educador social na Fundação da Criança e da Família Cidadã – Funci, um antigo órgão da prefeitura de Fortaleza. Fiquei nesse emprego até 2010, quando consegui um novo emprego em outro órgão da prefeitura, atuando como educador social, na prevenção e combate a pessoas que estavam em violação de direito, como crianças em situação de rua, trabalho infantil, idosos em situação de abandono. Essas experiências foram oriundas do Enxame, que despertou em mim o desejo de atuar pelo bem social.

Entre 2009 e 2010 eu seria pai de mais dois filhos, Amanda e Vinícius. Hoje vejo que a experiência de ser pai tão jovem me trouxe muita maturidade, muita cabeça pra saber administrar situações. A princípio foi complicado, acabei tendo que me preocupar muito jovem com as questões financeiras. Teve um tempo que quase eu mudava de área, cheguei a fazer um curso profissionalizante pra tentar algo mais sólido, mas acabei desistindo. Além da parte financeira, o que mais me preocupava era a educação e os valores que repassaria aos meus filhos. Usei como exemplo a minha mãe, que apesar da pouca escolaridade, sempre deu duro pra ser o pilar que sustentava a casa, emocionalmente e financeiramente. Meu pai me serviu como uma espécie de exemplo contrário, aprendi com ele o que eu não deveria ser como pai e como marido. Sempre tive um relacionamento delicado com meu pai, mas hoje, com certa maturidade, eu consigo entendê-lo.

Em 2013, com essa iniciativa empreendedora, resolvemos de fato criar o Batuque do Coração, uma produtora de arte urbana, capaz de levar a história do Felipe para outras pessoas. Foi quando eu resolvi me dedicar de maneira integral ao projeto, correr atrás dos sonhos, dos ideais, correr com as próprias pernas. Comecei fazendo produção junto com Felipe, sendo o DJ das palestras, dos shows. Hoje eu atuo como *videomaker*. O Batuque era um sonho de todos ali, Bulan, Salmos, Enos, Felipe.

Por que a gente para e pensa: muita gente já se inspirou com essa história, mas na nossa época de escola ninguém chegou pra trocar uma ideia com a gente. Não apareceu nenhum jovem, que nem a gente, que veio de onde a gente veio, pra trocar essa ideia. E foi quando a gente teve a ideia de levar essa palestra motivacional às escolas junto com a música. Através do Batuque eu vi muita gente se inspirar, muito adolescente se inspirar durante as palestras motivacionais, vi muito artista jovem independente poder apresentar sua arte, sua música, sua dança, seu grafite. E onde a gente chega a gente leva isso, essa mensagem de superação, de autoestima, de vitória, de vida, que independentemente de onde nós saímos a gente pode chegar a qualquer lugar.

(ENCERRA MARIANO)

Como Mariano bem contou, conseguimos chegar no projeto. Fizemos as inscrições, marcaram um dia pra gente voltar e iniciar um processo de envolvimento com arte e educação, que seria pra nós um divisor de águas. Ali conheci o *rap*, a poesia, o grafite, pessoas incríveis que através da arte me fizeram ver o mundo e o meu mundo de maneira totalmente poética, especial e singular.

Fecho os olhos, vem um filme nas minhas percepções
Tanta história pra contar e um turbilhão de emoções
Eu na rua, mãe em casa, pai na rua, irmão preso
Não dá pra sair ileso, sentir as dores e o peso

O peso do taurus de tambor cheio na minha mão
A dor de ver meu pai no crack e a mãe chorando pelo irmão
Eu sonhei em vencer o crime e segui a tendência
Sem opções você vai julgar o que é referência

Amizade de infância, amores, conflito pessoal
Ambição, ganância, armas, e projeto social
Descobri na poesia ali o menino arisco
Com a marra de um homem administrando o risco

Veio o rap, "Racionais", poesias de Drummond
As pedras que tavam no caminho eu poetizei no som
Vendo minha mãe lavando roupa e fazendo faxina
Meu pai tramando assalto e eu ali fazendo rima

O Projeto Enxame atua até hoje. Foi o primeiro espaço aglutinador de sonhos, talentos e potenciais que visitei. Logo me identifiquei com a forma e condução dos processos. Através dessa oportunidade eu pude adquirir novos conhecimentos, degustar novas músicas, novas maneiras de fazer a mesma coisa, abraçar poemas e seguir os sonhos. Nos dois primeiros anos vivi situações que me fortaleceram e fizeram nascer o meu terceiro grande sonho na vida. Aos dezesseis anos de idade, não queria mais ser jogador de futebol, não queria ser chefe do crime, eu decidi que eu queria ser poeta e cantar *rap*.

Isso mesmo, poeta! Um artista ativista que anunciaria ao mundo através do *rap* e da poesia, todas as minhas aspirações, anseios, desejos e tudo que circunda minha história de vida.

Com dezesseis eu chorei ao viver a revolução
O milagre da arte, eu voando de avião
Cobertura de hotel, piscinas e batatinha
Em dez segundos eu percebi de onde eu vinha

Catei latinha, vendi coco, comi lixo, fiz o que dava
Naquele momento eu percebi onde eu estava
Com os olhos banhados fiz uma pergunta pra mim
Onde que quero chegar, já que agora eu tô aqui?

Meu coração respondeu que eu queria ir pelo país
Desvendando o que é ser feliz
Hoje eu choro vendo minha mãe chorar me abraçando
Feliz e emocionada dizendo: filho eu te amo

Meu pai sendo o exemplo cada vez nessa história
Meus irmãos e amigos vivendo essa vitória
O que eu posso dizer além de que vim pra vencer?
Acredite nos sonhos porque eles têm poder.

Escrever esse livro tem sido uma experiência incrível! Estou visitando minhas memórias e me deliciando em reviver alguns momentos, com a missão de trazer você pra dentro dessa narrativa e te conduzir por esses caminhos de lembranças. Agora eu e você vamos adentrar nesse universo particular. Vamos em vários momentos conhecer alguns personagens que fazem parte dessa história, que em pontos decisivos estiveram presentes e que são pilares nessa construção poética de minha vida, sendo a vida histórias que se entrelaçam a todo instante.

Hoje tenho levado a vida em anunciar meus sonhos e compartilhar com as pessoas minha história de vida. Desafios, conquistas e tudo que constitui essa poesia que vivo. Me permiti mergulhar mais fundo, visitar meu âmago e trazer pra você a essência de viver e ser o que sou. Por isso, resolvi trazer alguns capítulos narrados por personagens diferentes, são olhares diferentes para a mesma história. Uma nova perspectiva sobre a mesma cena. Pra mim, tem um significado inestimável trazer minha família: pai, mãe, educadores, amigos e receptores dessa onda de superação.

E por falar nesses valiosos "personagens", a Glória Diógenes é uma pessoa que provocou em mim um despertar. Quando ela me apresentou um poema, entre tantos outros, ela tocou minha sensibilidade e me confrontou a olhar nos olhos.

Um encontro marcante entre um jovem arisco e a poesia de Carlos Drummond de Andrade. Mapeei meus territórios de emoções e ali me permiti entrar na terra fantástica e pra mim desconhecida da poesia; mergulhei no mar imenso da música e me permiti viver fazendo arte, a de fazer Enxame.

Conheça, visite, olhe pelos olhos de Glória.

(ENTRA GLÓRIA[1])

Eu já tinha uma série de pesquisas voltadas à criança e ao adolescente, gangues, galeras e sobre o movimento *hip hop*. Temas que fizeram parte da minha tese de doutorado. Até que um dia eu estava na praia com alguns amigos e uma delas falou sobre a Fundação Macarthur estar financiando trabalhos que eles julgavam pertinentes, mas o prazo para entrega do projeto seria no dia seguinte. Cheguei em casa no final da tarde, eu nem dormi essa noite, mas consegui enviá-lo às 16h, a uma hora do prazo final. O nome do projeto era "Fazendo arte com gangues e galeras: gênero e violência" e a ideia era desenvolver oficinas de arte, com mediação local, para adolescentes do Morro Santa Teresinha, no Mucuripe. A Fundação recebeu 800 inscritos no total e apenas 16 seriam escolhidos. A seleção era composta por várias etapas de eliminação até chegar à fase de entrevistas em São Paulo. Dos 16 escolhidos, o Ceará levou 4, o Enxame estava entre eles.

Foram investidos 18 mil dólares, ao todo, para três anos. Com o auxílio do Lobão, coordenador comunitário com quem eu já tinha contato, identificamos uma convergência de interesses para artes visuais (fotografia, grafite, artes plásticas e vídeo). E assim organizamos uma série de oficinas dentro e fora do espaço da sede do Enxame. A gente pensou e contratou os melhores profissionais para ministrarem essas oficinas para os meninos: gente jovem, gente que hoje tá na França, que hoje expõe em museus em São Paulo, gente ligada à moda, à cenografia. Em sua trajetória, desde setembro de 2000, o Enxame recebeu vários prêmios e obteve apoiadores de prestígio como Instituto Ayrton Senna, Unicef, Ministério da Justiça, BNDES – Transformando com a Arte.

Eu passava parte do dia no Enxame e parte do dia na Universidade Federal do Ceará, onde lecionava. Depois o Enxame acabou virando projeto de extensão da Universidade e eu pude ficar mais tempo lá, de forma legal. Eu era coordenadora, mas não ficava em uma sala, ficava junto dos meninos, nós fazíamos tudo juntos. E eu pensava assim: "Putz, os meus filhos não têm a educação, a possibilidade de ter o que o Enxame tem". Porque o ensino do colégio era muito diferente, por exemplo: a oficina da palavra era a história da música popular brasileira vinculada à poesia, onde os gêneros se encontravam. Estudamos todos os poetas da língua portuguesa, de Fernando Pessoa a Manuel Bandeira. Além disso íamos a muitos eventos relacionados à arte e cultura, exposições, espetáculos. Os meninos tiveram até curso de HQ.

Lembro que durante uma oficina de fotografia, eles pegavam as câmeras e comparavam o peso ao de um revólver. O referencial deles era o crime, em tudo. A referência era o mundo cão em que se vivia. Então precisávamos sempre fazer essa associação, entre o que a gente estava levando e o que eles traziam. Em uma das oficinas, eu levei alguns poemas do Carlos Drummond de Andrade e começamos a discutir, foi quando o Felipe colocou que a pedra no meio do caminho dele era o *crack*, era a pedra na vida do pai dele. Tudo no Enxame era assim, eles traziam pra realidade deles. E tudo que acontecia ali eram experiências, porque eu percebia que as coisas só tinham sentido na experiência. Partíamos da música para uma experiência, e assim ia. Eu percebia que eles falavam muito com os corpos, aí tive a ideia de fazer um inventário de gestos que resultou em um espetáculo apresentado por eles no Theatro José de Alencar.

E eu via no Felipe uma coisa muito estranha. Eu acho que a pessoa que mais resistiu a mim, no Enxame, foi o Felipe. Ele chegou fechado e quis permanecer assim por muito tempo, mais do que fechado, desconfiado. Ele fazia questão de mostrar que não confiava, ele não olhava nem no meu olho, me botava muito em cheque, no início. O Lobão vinha me dizer que ele perguntava o que eu estava fazendo ali, que era pra eu estar ganhando muito dinheiro. E a força dele contra era tão forte, que se não tivesse solidez e verdade na intenção, ele teria conseguido me demover. Tinham meninas que sofriam abuso doméstico, violência do pai, meninas extremamente ariscas e que daqui a pouco falavam comigo e eu conseguia lidar bem. O Felipe era alguém difícil. Não queria escrever nada, não queria ouvir, participar. Ele demorou muito a vir, quase um ano, mas quando veio foi inteiro. Acho que o que mais o animou foi uma banda que eles criaram, Arsenal da Rima, chegaram até a ir à Brasília para uma apresentação.

Uma vez eu fui chamada na escola dele, na Cidade 2000, e lá uma das professoras me disse: "esse menino é cruel, não faz nada aqui". Só que ele tava começando a fazer coisas legais no Enxame. E eu disse: "ele não faz nada legal aqui? Pois se a senhora me der oportunidade, eu vou fazer um portfólio de tudo que ele tem feito". Um mês depois eu cheguei lá com uma pasta. Ela olhou e disse: "esse não é o Felipe". Eu disse: "esse é o Felipe". Depois disso começaram a usar ele em alguns projetos da escola.

Outro momento marcante, foi quando a gente viu a música Construção, do Chico Buarque, e o poema Operário em Construção, do Vinícius de Moraes. Costumávamos permear entre poesia e música. Nesse período o Mariano tinha muitos problemas com o pai, que além de alcoólatra tinha histórico de violência. E nessa oficina o Mariano fez um *rap*, no primeiro momento da música ele matava o pai, no segundo momento ele o libertava. Porque ali ele tinha entendido que o pai era um operário, que não teve possibilidade de usufruir nada do que tinha construído, que nunca teve direito e acesso a nada, mas que com ele estava sendo diferente, ele tinha direito ao Enxame, a oportunidades que o pai não teve e precisava salvar o pai. Ocorriam coisas extremamente tocantes, mas eu tinha que me controlar pra não ser uma pessoa piegas. O intuito dessas oficinas não era ensinar, mas mobilizar, despertar.

E esse tempo no Enxame foi um tempo, eu acho, em que tudo que eu tinha sonhado em ser, em atuar, em apostar, foi possível. Se você me perguntar onde foi que a Glória deu o melhor dela? Na minha percepção de mim, do que eu sou, ali foi o meu melhor tempo.

Hoje, eu vejo que todos esses projetos deveriam começar pelo que existe na comunidade. O Enxame deu certo porque a gente trabalhou com algo que já existia ali: o interesse pelo grafite, pelo *rap*. Eu acho muito ruim quando vejo projetos querendo levar algo à comunidade, com aquela ideia salvacionista e redentorista. Tem muita gente que se vangloria disso, acha que vai pra salvar os excluídos, quando ali já existe um monte de talento, que vai mudar sua percepção de mundo. O que precisa ser feito é um trabalho de mapeamento, de ver o que já existe, o que interessa à comunidade. Mapear talentos, potencialidades.

Se eu fosse resumir o que levei do Enxame, dos meninos, eu diria que levei a crença que o ser humano tem jeito. Mas podem não ter jeito pro que eu quero, eu não posso projetar nada. E eu aprendi muito isso no Enxame, de não dirigir o destino das pessoas, de apenas olhar pra elas, de olhar o que tem dentro delas que pode ser potencializado. Você vai aprendendo a ver o que é mais significativo de cada um. É uma aventura você descobrir em uma pessoa algo que ela não imaginava e dar passagem a isso. Sei que muita gente passou por mim e eu passei por muita gente.

(ENCERRA GLÓRIA)

Desde cedo pude ver o crime, vi o crime e ele me sorria com ar superior.
Como de forma sedutora e vulgar várias vezes me convidou.
Nos becos, nas ruas, nas esquinas ele estava.
E ao voltar pra casa lá eu o encontrava.

Vivi e convivi lado a lado com ele desde a infância e por muito tempo.
Percebi que confunde, pois traz consigo status e tormento.
Mesmo sem saber que crime era crime, eu já o conhecia.
Parceiro da agonia que ludibria com a alegria.
Armas? Percebi que eram pesadas, mas sem noção do peso que
elas poderiam trazer.
Confesso que elas atraem com seus truques de poder.
Cresci numa realidade onde o homem jamais deve chorar.
Ciente de que se alguém falhasse comigo eu teria que cobrar.
Não importaria como, mas o nome da família eu teria que honrar.
Amor, paixão, sentimento, sensibilidade, palavras como essas do meu vocabulário eu teria que anular.

Tive que conviver com a dor de ver meus parentes chorarem perto de mim.
Vivendo com a dureza e tendo que ser, sorrir assim.

É claro que o crime e as drogas podem te deixar "feliz" temporariamente.
Mas enquanto se vive nele não se encontra a paz permanente.

Tudo o que absolvi durante o duro aprendizado que ganhei da vida,
Coloquei em prática! Fiz sofrer quem já me amou,
machuquei e deixei ferida.
Tinha eu que manter a postura de "homem duro" a qualquer preço.
Só o meu lado interessava, pois quem é "duro" aprende isso desde o berço.

Em pouco tempo vivi bastante, aprendi muito,
tive que me tornar homem ainda menino.

Mas certa vez olhei no espelho e acreditei
no que dizia o meu olhar pequenino.

Eu bem sabia que não poderia retirar
a dor contida no peito da minha mãe querida.
Mas acreditei que traria o orgulho e assim cantaria uma nova vida.
O processo é longo para sobrepor à informação do crime
e acrescentar uma nova forma de lutar e vencer.
É difícil decidir lutar contra o gigante lá fora, é difícil se convencer.

Depois de um certo tempo, já convicto que vim
pra escrever minha própria história e triunfar.
Descubro que no meu ser existe o dom de escrever, rimar e versar.
Daí então, cantei, rimei, fiz versos duros, duros como eu.
Policial que espanca favelado, crimes, drogas
e desigualdade eram esses os versos meus.

Falar de amor, nem pensar; a palavra "bonito",
eu nem pronunciava muito menos escrevia.
Vim com versos contundentes, nada de suave poesia.

Tive que aprender manusear algo novo que surgia de minhas entranhas.
Sempre escrevendo, segui promovendo inéditas façanhas.
Mantendo a dureza escrevi, escrevi diversos versos.
Mas ainda com limites para enxergar além do meu universo.

Até que um dia busquei falar de algo belo,
mas que não ameaçasse minha forma dura de enxergar

e vi que o homem duro não consegue ver a beleza,
então tive que me desarmar.

Busquei novamente o belo pra escrever
e o que mais belo encontrei chama-se: amor.
Sentimento sublime, mas que pra mim era ameaçador.

De imediato imaginei uma pessoa a qual eu amasse de verdade
para escrever sobre ela.
Foi então que vi uma pedra preciosa que em meio a outras era a mais bela (minha mãe).

E finalmente escrevi sobre o amor e finalizei ao dizer "te amo".
Fui tomado pela emoção, me tornei íntimo da simplicidade
e hoje poesias declamo.
Me reconheci um poeta, vivendo coisas que nos fascina.
Escrevi um pouco do que vivi para que entendas que a vida ensina.

---

[1]Glória Diógenes possui pós-doutorado em Ciências Sociais pelo ICS da Universidade de Lisboa. É Professora Titular da Universidade Federal do Ceará e líder do Grupo de Pesquisa do Laboratório das Juventudes (LAJUS) do Diretório de Pesquisa do CNPq. Foi Secretária Municipal de Direitos Humanos pela Prefeitura de Fortaleza. Tem diversas publicações nas áreas de Antropologia e Sociologia, atuando principalmente nos seguintes temas: Cidade, Arte Urbana, Juventude, Pesquisa no Ciberespaço e Práticas Etnográficas. Atualmente coordena o programa de Pós-graduação em Sociologia da Universidade Federal do Ceará - UFC.

VEIO O RAP,
RACIONAIS,
POESIAS DE
DRUMMOND
AS PEDRAS QUE
TAVAM NO
CAMINHO EU
POETIZEI
NO SOM

VENDO
MINHA MÃE
LAVANDO ROUPA E
FAZENDO FAXINA
MEU PAI
TRAMANDO ASSALTO
E EU ALI
FAZENDO RIMA

FAMÍLIA

Durante minha construção como ser humano sempre tive que lidar com inúmeros desafios e a todo momento tendo que me confrontar comigo e com minha realidade. Uma fase muito delicada de minha vida foi na minha transição de 13 para 16 anos. Como você já sabe, está claro que minha família teve um envolvimento direto com o crime e as drogas.

Na minha casa circulavam pessoas do crime, armas, drogas e assuntos pertinentes a essa realidade. Eu sempre muito atento a tudo, sempre tive olhos ligeiros e mente atenciosa. Aos treze anos eu via meu pai como o maior ícone de força do mundo e, aos quatorze, o vi como a pessoa mais frágil. Como isso poderia acontecer?

Nossa vida oscilou muito entre passar fome e catar lixo ou ter bens como casas, carros, celulares e comida à vontade. Meu pai sempre levava todo o *glamour* pra si. O crime atrai isso.

Certa vez, minha mãe estava no trabalho e meu pai em casa tomando conta da mercearia, ele estava com uns amigos e aconteceu uma cena muito estranha. Ele convidou um amigo pra usar drogas e eles estavam portando como ferramenta de uso uma lata de cerveja vazia. Eu observava tudo, afinal a casa era pequena, e logo a fumaça exalava o cheiro de dores. Confesso que fiquei sem entender, pois sempre que meu pai fumava um cigarro de maconha ele não precisava de lata e quando finalizava ele não ficava com aquele aspecto, como se estivesse assustado. Eu falei tudo pra minha mãe quando ela chegou do trabalho. Ela trabalhava de empregada doméstica mesmo sabendo que meu pai tinha um certo *status* na comunidade. Ela chegou trazendo umas roupas que a patroa doou pra nós, roupas usadas. Ainda quando ela apresentava as roupas eu disse: – Mãe, o pai tava fumando maconha numa lata. Ela parou e perguntou: – Como assim meu filho, que história é essa? Numa lata? Tem certeza? Eu disse: – Sim, tenho, eu vi até a fumaça saindo.

Eu lembro que nessa noite minha mãe conversou com ele e não demorou muito pra gente descobrir o que de fato ele estava usando. Foi a partir dali que começou uma nova forma de lidar com a vida em família, descobrimos que ele estava usando o *crack*.

Logo as coisas foram mudando. Meu pai começou a sumir por umas noites. Minha mãe foi ficando preocupada diariamente. De uma maneira avassaladora, em um piscar de olhos, meu pai já estava na dependência química do *crack*. Minha mãe perdeu o emprego porque essa situação começou a afetar no trabalho dela, até que a patroa pediu pra ela fazer uma escolha: o emprego ou a família problemática e esse homem viciado. Ela escolheu a família e foi demitida!

Meu pai começou a perder credibilidade. Deixou de ser o que era e, aos poucos, foi perdendo, jogando fora o que tinha. Vendeu carros, casa, tudo que tinha e afundou! Minha mãe conseguiu trocar uma casa que ela havia construído em uma outra casa, em um bairro chamado Caça e Pesca, fomos eu, ela, meu irmão mais novo e ele.

Mas as coisas não mudaram muito e ele continuou jogando tudo fora, botando tudo na lata.

Chegou um momento que não havia mais nada dentro de casa, apenas uma geladeira velha. Depois de muitas lágrimas, dores e desilusões, minha mãe tomou coragem de fugir. Combinou comigo, que tinha 14 anos, e meu irmão mais novo, que tinha 4 anos. Nós fugimos com a roupa do corpo e um balde com panelas. Meu pai ficou em casa sozinho, morando com um cachorro.

Eu e minha mãe conseguimos alugar uma casa na favela do Pau Finim que ficava bem próxima da Zareia, onde nasci e me criei. Nossa primeira noite naquela casa não foi fácil, eu lembro de achar tudo muito estranho. Era uma casa bem pequena entre um beco e um terreno baldio, sem energia elétrica, nossa luz era lamparina e a água puxávamos da bomba. Não tínhamos cama, nem fogão. Apenas um banheiro pequeno com um balde cheio de água para uso de higiene e um aparelho sanitário sem descarga. Não foi nada fácil assimilar. E quando a ficha caiu percebi que minha família tinha um novo homem da casa. Minha mãe desempregada, meu irmão criança e eu ali olhando o mundo me dizer: é isso que temos pra hoje.

Eu assumi a responsabilidade de ajudar minha mãe. Passamos um tempo sem notícias do meu pai. Nessa época meu irmão mais velho estava preso. Minha irmã tinha 16 e estava grávida morando em outra cidade. Minha mãe sempre foi muito empreendedora, sempre se virou e com ela eu aprendi a me virar também. Ela conseguiu fazer uma parceria com uma mulher que tinha um carrinho de lanche na esquina da Zareia, em frente à Cervejaria Brahma, daí minha mãe ficou fazendo almoço de alguns funcionários dessa empresa.

Meu papel era levar as panelas para o local. Minha mãe organizava tudo em um carrinho de mão e eu chegava pontualmente ali ao meio-dia. Foi assim durante muito tempo, mas só isso não dava conta. Então fiz outras coisas, catei latinha, juntei garrafas pra vender no ferro velho, vendi coco na praia, arrumei um bico numa academia de tênis e me tornei um gandula de tênis. Tudo isso pra conseguir, às vezes, uma média de dez a quinze reais por dia. Dava pra ajudar pagar o aluguel e sustentar a casa. Nesse meio tempo eu estudava numa escola da Cidade 2000, que era meio que o bairro nobre próximo dali.

Realmente essa foi uma fase muito difícil. Dela trago muitos valores e cicatrizes. Não era fácil chegar na escola e ver os colegas rindo de mim, porque eu não tinha um caderno de matéria, porque eu não tinha mochila e porque alguns me viam com a carroça de catador. Pra mim, na real, o que importava é que eu tinha o que dar de comer pra minha mãe e irmão, mesmo assim me doía muito. Eu nem tinha a real noção de que cenário social eu estava inserido. Não conseguia me ver de fora. O sistema e o mundo limitam nossa visão. Volta e meia eu sonhava em dominar o crime na região pra nunca mais ninguém sorrir de mim nem da minha família, sonhava em reerguer meu pai e dar condições pra minha mãe.

Minha mãe, minha Rainha, meu bem querer, minha emoção
ela é minha guardiã da minha essência e toda minha inspiração
Tens os olhos verdes que Deus fez questão de colorir
Que refletem uma beleza que até hoje eu nunca vi.
De forma única e singular ela faz meu olho brilhar
Que me passa o verdadeiro sentido de amar.

Tocou meu coração e me encheu de esperança
Ao seu lado o que sinto é paz amor e segurança.
É algo inexplicável fico tão ludibriado
Se possível quero estar para sempre do seu lado.

Sou poeta e você com certeza é poesia
E se sou um instrumento você é minha melodia.

Cursou a 5ª série e seu diploma é de coragem
Lutou, conquistou e zelou por sua imagem.

Quando olho pra você vejo uma mulher batalhadora,
Tenho orgulho de ser filho de uma grande professora.
Vencedora me ensinou a batalhar e vencer
Superar os obstáculos e com eles aprender.

Mora na minha mente. Está enraizada no meu peito.
Te devo amor, carinho, afeto e respeito.
Pelo que fez por mim pelo que vai fazer
Não há no mundo nada à altura para te retribuir e agradecer.

É a Lôra da Zareia, a Dona Luziane, mas de mãe eu te chamo.
Tens meu coração como morada, meu amor, obrigado, eu te amo.

E sob os seus generosos olhos, conheça o que ela viu dessa história:

(ENTRA MÃE)

Quando eu conheci o Ribamar (pai do Rima), nós erámos muito jovens, eu tinha 15 anos de idade e trabalhava em uma casa de família, na Cidade 2000. Ele tinha 16 anos e trabalhava em um depósito de bebidas. Eu engravidei logo, aos 16 anos, da minha filha mais velha. Era o primeiro fruto, dos quatro que viriam nesses 35 anos de casada.

Tivemos um relacionamento muito complicado nesse início, muito conturbado, cheguei a morar na casa da minha sogra, na casa da minha cunhada, voltei para casa da minha mãe, mas não conseguia me estabelecer. Morei em vários lugares, de favor, até conseguir um cantinho na comunidade da Zareia, lá construí um barraco de tábua, que depois se transformaria numa casa onde morei por mais de 15 anos. Foi lá que o Felipe nasceu e começou a entender o mundo.

Os primeiros anos de casada foram passando, eu só vim me dar conta que o Ribamar era usuário de drogas quando eu estava grávida do Felipe, o terceiro dos filhos. E eu comecei, além de lutar para criar os meus filhos, a lutar contra isso. Foi uma época difícil, eu não aceitava, chorava muito. Quando o Felipe nasceu, as coisas foram se agravando, porque o pai dele passou da maconha para a cocaína. E desde pequeninho o Felipe sempre foi muito apegado ao pai. Eu lembro que ele dizia "eu vou ser igual o meu pai, vou usar bermuda *jeans*, sapato *All Star* e vou fumar maconha também", e aquilo me preocupava muito. O Felipe queria ser igual a ele porque o Ribamar era respeitado, as pessoas tinham medo dele. Ninguém mexia com a gente, era uma coisa silenciosamente estabelecida onde morávamos: ninguém mexe com os filhos do Ribamar, ninguém mexe com a loira (eu).

Mesmo usando drogas, o Ribamar continuava trabalhando e por isso construímos muita coisa durante esse tempo. Chegamos a montar uma bodega e a possuir algumas casas na comunidade. Eu trabalhava em casa de família, fornecia marmita, fazia salgado, bolo, o que dava. Quando o Felipe tinha 12 anos, descobri que o Ribamar estava no *crack* e aí foi o fim de tudo, a coisa desandou, porque antes ele trabalhava mesmo usando cocaína, maconha, bebendo, mas depois que entrou no *crack*, ele não conseguia mais. Foi quando o Ribamar começou a vender as coisas de dentro de casa, vender as casas que tínhamos. A partir dessa época a gente passou a não ter nada, porque ele dava um jeito de colocar tudo na pedra. E quando ele viu que não tinha mais nada, começou a roubar. Puxava carro, fazia assalto a banco, à mão armada, participava de esquemas. Era um tormento.

Isso me levou a uma decisão. Eu não tinha mais o que fazer, eu não tinha paz. Eu fui embora com Felipe e o Mateus, o mais novo, que tinha quatro anos, saímos com a roupa do corpo para a casa de uma irmã da igreja, no Papicu. Foi um momento delicado, em que quase não víamos perspectivas. Fizemos de tudo um pouco pra sobreviver. Catávamos latinhas, comecei a fazer almoço e ir vender em um *trailer* perto de uma cervejaria. O Felipe também fez outras coisas, foi ser gandula em um campo de tênis e trazia algum dinheiro pra casa, pra ajudar no aluguel, pra comprar o leite do irmão dele.

Lembro que o Felipe era muito pequeno e ele nem podia com o carrinho de mão que usávamos para levar as panelas para o *trailer*. Eu dizia pra ele: força, coragem, vamos lá, você precisa me ajudar porque eu não posso carregar sozinha. Aí ele, tão pequeno, empurrava o carrinho. Houve um momento em que a gente teve de comer coisa do lixo, porque o dinheiro era pouco, salsicha já passada, o que conseguíamos encontrar.

Uma vez, depois da gente limpar o *trailer* da senhora onde eu trabalhava, o Felipe achou um pacotinho, chegou pra mim e disse:

– Mãe, eu achei dinheiro. – Era cento e sessenta e poucos reais. E nesse dia a gente não tinha conseguido nada de latinha, não tinha vendido nada.

– Mãe, a gente tem dinheiro pra comprar comida!

– Meu filho, esse dinheiro deve ser da Lúcia, porque ela pediu emprestado pra comprar as cervejas pra vender aqui.

– Quer dizer que nós não vamos poder comprar comida?

– Não, não vamos, nós vamos devolver porque esse dinheiro não é nosso.

No outro dia de manhã, a gente foi ao *trailer* da Lúcia e logo ela comentou que estava desesperada porque tinha perdido um dinheiro. E eu devolvi, o Felipe do meu lado, tão triste, como se pensasse "foi-se minha alegria".

Apesar das dificuldades, o Felipe sempre foi muito apegado a mim, sempre andou junto comigo, me apoiou. Excelente como filho, companheiro, compreensivo. Às vezes, ele via alguma coisa na televisão e pedia:

– Mãe, você compra pra mim?

Eu respondia:

– Quando eu tiver dinheiro eu compro, tá certo?

– Tá certo.

Ele nunca foi aquela criança de insistir, ele aceitava a situação, mas não era de se conformar com aquilo, sempre falava que ia lutar, que ia vencer. Depois das coisas terem se acertado, do pai dele ter voltado a morar com a gente, o Felipe já participava do projeto e cantava os *raps* dele. Gravava os *raps* por cima das minhas fitas *gospels*, em um radinho que ganhei de uma patroa.

A primeira vez que eu percebi que o *rap* ia levá-lo adiante, foi quando uma assistente social veio aqui em casa, porque eu tinha que assinar a autorização pra ele viajar pra uma apresentação em Brasília. O orgulho não cabia em mim. Eu sempre vi que o Felipe tinha talento, porque tudo que ele ia fazer eu via fluir, por menor que fosse a coisa. E ele tem o dom da palavra, ele mexe no coração das pessoas, emociona, leva algo bom. Eu sempre lutei pelo que eu queria, sempre fui muito determinada com cada coisa que eu queria, e eu vejo que o Felipe tem isso de mim.

Sempre estive ao lado dele, sempre acreditei no potencial dele. O Felipe merece estar onde está por aquilo que é: o meu filho é muito humano. E sou grata a Deus porque já vieram outras lutas, outras dificuldades e ele sempre esteve com a gente. Eu tenho o Felipe como o meu porto seguro. Digo pra ele: nós temos que amar. O amor é tudo, você não vence nada na vida sem amor. Amor pelas pessoas, pela família, pelo outro. O amor da família é a base para todas as coisas.

(ENCERRA MÃE)

O que me guia a escrever, viver, poetizar e cantar é o amor que tenho pela minha família e um desejo que não se contém em honrar minha origem.

Pai, com você eu aprendi e ainda vou aprender.
Me recordo quando na infância eu contemplava você
Igual ao Ribamar eu queria ser...
Sei que pra ver meu sorriso, você me deixava na vantagem
Carrego o seu nome seu caráter e sua coragem,
Me ensinou a andar passo a passo
em meio a correções beijos e abraços.

Agradeço por muitas vezes ter me conduzido,
por isso até hoje os teus passos tenho seguido,
sempre foi meu espelho e nunca perdeu seu brilho
tenho orgulho em saber que sou seu filho
e falo com prazer, pois sou filho de guerreiro
no meu time sempre foi o maior artilheiro.

Quando eu ainda não sabia o que era amor, nem sabia o que era ódio,
Não sabia o que era status, não sabia o que era pódio.
Você me ensinou que homem chora mesmo sendo o durão
me ensinou que ninguém controla o que vem do coração.

Lembra das armas e das drogas?
Você encontrou a saída
e em meio a tudo isso
me ensinou o jogo da vida.
Foi, é e não vai deixar de ser,
meu pai, meu amigo e isso sempre vou dizer,

Hoje aqui! Escrevendo, vivendo, olha como é diferente,
o seu menino cresceu e não é mais inocente.
Por um instante vamos voltar ao passado e relembrar daquele moleque,
Hoje já um homem maduro que poetiza e canta rap.

Como ser humano, reconheço às vezes não poder ir além
mas você me ensinou que limites todos têm.

Sinto que por um dia, um mês, um ano, cem anos ou mesmo um milênio
Seria pouco pra expressar tudo que no coração ainda tenho.
Aconteça o que acontecer sempre vou te amar.
Saiba que no coração desse rimador você está.
As palavras que recitei e escrevi não se apagarão jamais.
Juntos vamos desenhar no mundo um caminho de paz.

E não podia faltar, o olhar dele: pai.

(ENTRA PAI)

Eu conheci as drogas com 14 anos. O ambiente em que a gente mora influi muito, e morando na comunidade Verdes Mares, no Papicu, via os meus amigos usarem antes de darem início ao racha. Eles me ofereciam e eu negava, foi assim por um tempo. Até que um dia, de tanto eles insistirem criei curiosidade, procurei um amigo e pedi, mas eu queria usar sozinho. Depois disso passei um tempo sem usar, aí um certo dia me ofereceram de novo e assim recomecei, passei a usar no racha também, até que chegou ao ponto em que eu comecei a comprar.

Aos 17, já trabalhando em um depósito de bebida, estudava, e comprava maconha com meu próprio dinheiro. Era uma coisa que ninguém sabia, nem meus patrões, nem minha família. Eu não ficava usando no meio daquelas pessoas que usavam, tinha um certo cuidado das pessoas não notarem. Nesse meio tempo eu conheci a Luziane, ela engravidou e nos juntamos. Tivemos o primeiro filho, o segundo, eu trabalhando em uma cervejaria (onde passei dez anos) e chegou um momento que a Luziane descobriu, ela brigava muito.

Mesmo alimentando o vício eu mantinha muita coisa em casa. Eu tinha a Luziane, tinha os meus filhos, mas eu não me preocupava muito com o exemplo que eu passava pra eles. Colocava dinheiro em casa, dava comida, essas coisas, isso era suficiente na minha opinião. Eu queria ser solto, ia a festas, tinha minha vida. Era um pai ausente. A droga lhe leva a curtição e, aos poucos, você vai perdendo as responsabilidades. Quando conheci a cocaína, aí a coisa piorou. Porque é uma droga muito mais pesada, você usa cocaína e sente vontade de tomar a bebida mais forte, aí bebe uísque. Essa combinação te leva à loucura total. No período que eu usava maconha eu trabalhava normalmente e tudo, usava de manhã e de tarde. Já com a cocaína não era possível, ela atinge o sistema nervoso.

Quando saí da cervejaria eu passei a trabalhar de motorista de táxi, foi quando fiquei muito solto. Às vezes a Luziane me ligava perguntando onde eu estava e eu dizia que estava em lugar bem longe quando, na verdade, eu estava bem perto de casa usando. Também fazia alguns trabalhos de tráfico, o chamado avião. Eu levava a droga para alguns donos de hotéis, motéis e eles me davam uma parte e distribuíam o resto, já tinham os clientes certos. Eu sabia onde comprava da boa, da ruim, em quantidade. Às vezes eu trazia esse pessoal que eu conhecia pra beber na bodega, dentro de casa. Me envolvi com gente que fazia assalto, tudo por causa do táxi. Costumava levá-los pra fazer parada ou eles iam e eu levava só as armas, ou ia só buscá-los.

Foi quando começou meu envolvimento com armas. Muitos pediam pra eu guardar, outros vinham empenhar e eu sem querer comprar, mas acabava comprando barato. Era impressionante. Nunca faltava arma perto de mim, andava direto armado com duas, três. O Felipe me via armado, eu ensinava ele a limpar as armas. Também fazia negócio com policiais, vendia armas pra eles ou eles me vendiam, trocávamos. Tive um certo envolvimento, uma "amizade", eles merendavam lá em casa, às vezes, eu andava como alma, dirigindo em ações com eles à paisana, pela confiança que tinham em mim.

Na comunidade, o pessoal tinha medo de mim porque eu era violento, não levava desaforo pra casa, qualquer coisa atirava. E quando você entra nesse ramo de drogas, querendo ou não, se levanta inimigos. Não considero que tinha muitos, mas quando assassinaram um dos meus irmãos, senti que tinham mexido comigo. Três irmãos meus foram assassinados, todos tinham envolvimento com drogas.

Quando conheci o *crack* foi a minha derrota. O *crack* é isso, a derrota do ser humano. Só que o ser humano nunca vai direto ao *crack*, ele começa por uma porta estreita: uma dose de álcool, maconha, cocaína, e quando você se dá conta já está dentro de um buraco. O *crack* tirou tudo que tínhamos: as casas, o carro, todos os recursos. Foi aí que comecei a fazer assaltos, já tinha a experiência de ajeitar, tinha todas as ferramentas e pensei "por que não?" Quando apertava mesmo eu saía por aí, tomava um carro, fazia um assalto e ia usar de novo. Lembro que uma vez a Luziane saiu pra trabalhar e eu fiquei com o

Mateus, nosso filho mais novo, o Mateus ainda era um bebê, eu tirei ele do berço e fui vender o berço numa boca pra alimentar o vício.

O Ribamar dependente sentia o *crack* nas veias, se não tinha, não olhava pra ninguém, se trancava em casa com medo, não comia nada nem dormia. Um dia eu cheguei em casa e não tinha mais ninguém. Aí veio aquela tristeza, aquela angústia, sentia falta do Mateus, do Felipe, da Luziane. Soube que estavam vendendo quentinhas, o Felipe ajudando, aquilo começou a doer. Eu não tinha mais ninguém ao meu lado, não me reconhecia mais como um homem trabalhador, que sempre correu atrás das coisas. Quando a angústia vinha, eu usava, mas a tristeza não saía. Tinha vontade de morrer, tinha remorso pelo que causei a minha família, me arrependia tanto, me sentia derrotado, com um peso por tudo o que já tinha feito.

A droga tem o poder de tirar tudo de importante que você tem na vida. Todos os valores, o caráter do homem, a alegria, o amor, as amizades, o trabalho, a confiança, a família, a vida. Ela tira a vida. E ela ia tirando a minha. Em abril de 2002, mais precisamente no dia 8, eu ia sair pra fazer uma parada, mas senti uma coisa tão ruim. Aí eu vi a bíblia em cima de um móvel, empoeirada, tinha ganhado de uma irmã da igreja. Pedi pra Deus falar comigo, quando eu abri, li um trecho de Mateus, capítulo onze, versículo vinte e oito:

"Vinde a mim, todos os que estais cansados e oprimidos, e eu vos aliviarei. Tomai sobre vós o meu jugo, e aprendei de mim, que sou manso e humilde de coração; e encontrarás descanso para vossas almas."

Quando eu vi a palavra "alma" eu chorei muito. Naquele momento da minha vida eu lembrei que tinha uma alma. Até ali eu não lembrava mais o que era. Entendi que eu tinha uma alma e que ela estava sobrecarregada, refleti sobre minha vida, e me dei conta do perigo que eu estava correndo. Eu estava cansado, não aguentava mais. Não sei por quanto tempo chorei, só sei que chorava baixinho pra vizinha não ouvir e chamar a polícia. À noite fui procurar uma igreja, eu senti que ali era o resgate: era morte ou vida.

O processo de recuperação foi longo. Passei quatro meses sem dormir direito, andando dentro de casa à noite, procurando droga. Não tinha dinheiro e não queria sair, estava sozinho. Fiquei bem magrinho. Chorei a ponto de não ter mais o que chorar, pedia força a Deus, pedia a minha família de volta, meus filhos, minha esposa. Só quando a Luziane viu a mudança ela voltou para casa.

Foram seis anos no *crack*, o suficiente para uma pessoa morrer. Considero que não morri porque nunca fiquei devendo a nenhum traficante. Eu fazia qualquer coisa, mas chegava no traficante com dinheiro. Após a recuperação, passei 3 anos e oito meses desempregado, isso mexeu muito comigo porque eu era uma pessoa arrogante. E imaginem, o primeiro emprego após esse período foi lavando prato em uma barraca de praia, na Praia do Futuro.

Nessa época o Felipe já tinha inventado de ser poeta. Eu dizia pra ele:

– Rapaz, tire isso da sua cabeça, isso não vai dar certo. Meu filho, pelo amor de Deus, você poeta?

Brigava porque ele passava noites acordado. Critiquei muito no início, mas eu via ele interessado no projeto, me admirava. Felipe andava muito a pé de um lado pra outro, passava muita dificuldade e não desistia. Eu dizia que ele não ganharia dinheiro com a música, quando chegava dos eventos eu falava:

– Cadê o dinheiro do show? Rapaz, tu é igual a galo, só canta de graça.

Quando eu ouvi a primeira música foi quando eu pensei que poderia dar certo. O meu filho teve a oportunidade de se tornar um marginal, porque eu teria fornecido arma, o que ele quisesse, e ele se espelhava em mim. Teve a oportunidade de entrar de cabeça no crime e bem patrocinado, mas preferiu o caminho do projeto social, entrou por essa porta, escolheu o certo.

O que eu acho mais bonito é esse trabalho nas escolas, a preocupação do Felipe com a prevenção das drogas, da Aids. Meu filho é uma bênção, um artista abençoado. Hoje sou capaz de fazer qualquer coisa pra não ver um jovem usando droga. Me entristece ver que nosso país tem freado alguns talentos.

(ENCERRA PAI)

TOCOU MEU
CORAÇÃO E
ME ENCHEU DE
ESPERANÇA
AO SEU LADO
O QUE SINTO É
PAZ AMOR E
SEGURANÇA.

É ALGO
INEXPLICÁVEL
FICO TÃO
LUDIBRIADO
SE POSSÍVEL
QUERO ESTAR
PARA SEMPRE DO
SEU LADO.

ENTRE O BATUQUE DO CORAÇÃO
E A POESIA DA VITÓRIA

ENTRE O BATUQUE DO CORAÇÃO E A POESIA DA VITÓRIA

Eu acredito nas possibilidades. Acredito nas mudanças. Acredito no ser humano e na capacidade de dar a volta por cima, de superar obstáculos, de criar pra si um novo rumo em uma estrada de vitória.

Imagina um adolescente, com 14 anos de idade, criado e educado numa família machista e envolvida com o crime. Imagina que ele está vivendo um momento decisivo na sua vida, sem se dar conta. Imagina que esse menino está disposto a fazer o que for preciso pra fazer a mãe sorrir, o pai se reerguer e a vida seguir de maneira próspera. Imagina as possibilidades, o que vê em seu cenário e o que há de mais interessante nesse contexto para que ele abrace. Numa espécie de processo seletivo, ele escolhe o que seria mais interessante: vislumbra uma carreira no crime. Até que esse mundo que se anunciava glamouroso torna-se um pesadelo, sinônimo de lágrimas e dores.

Seu pai perde a referência, sua mãe desiste de lutar pelo seu pai e eles fogem para uma comunidade totalmente desprovida de qualquer regalia. Imagine o conflito pessoal, as expectativas frustradas e a solidão na multidão. O menino contra o mundo. O mundo contra o menino. E um mundo de perguntas que gritavam a mente.

Como vencer?

Como imaginar o futuro?

Por que isso comigo?

Como levantar daqui?

Pra onde ir?

Qual o primeiro passo?

Como garantir que a paz more aqui?

E outras perguntas mais urgentes, como:

O que vamos comer hoje?

Por que minha mãe tá chorando?

Será que meu pai vai morrer logo?

Meu irmão quando sai da prisão?

Onde posso arrumar um serviço,

um trabalho pra ganhar um dinheiro por hoje?

Será que vale a pena tentar de vez o crime e ir pro tudo ou nada?

No meio de todas essas interrogações eu tive o privilégio de ter uma oportunidade. Sempre que converso com as pessoas falo muito sobre isso. Muita gente usa a frase: se você quer, você pode ou tudo só depende de você.

Eu discordo delas. Nem tudo depende só de você e o querer, em algumas situações, não é poder. Mas eu acredito nas possibilidades, no poder das oportunidades e dos sonhos.

Através de um projeto social eu pude ter dezenas de oportunidades que me levaram a andar no mundo de cabeça erguida e ainda ser exemplo de vitória. Por isso a importância de programas do governo, trabalhos voluntários, ações de intervenção na educação formal, conteúdo que agregue ao cotidiano escolar, oficinas de arte, cursos de incentivo para as pessoas.

Comigo, uma oportunidade dentre tantas, me causou um despertar. Consegui ver a vida de um novo ângulo quando fui apresentado à poesia de Drummond que dizia:

> "No meio do caminho tinha uma pedra
> tinha uma pedra no meio do caminho
> tinha uma pedra
> no meio do caminho tinha uma pedra."

Lembro que depois de ouvir a poesia eu tive a seguinte interpretação:

Tinha uma pedra no meio do caminho do sorriso de minha mãe, a pessoa que mais amo no mundo, e por muito tempo não a via sorrir. Tinha uma pedra no meio do caminho da "fortaleza" que meu pai representava, porque ele me ensinou que homem que é homem não chora, me ensinou a ser forte, duro e por muito tempo eu o vi fraco. Tinha uma pedra no meio do caminho da minha construção como ser humano, que aos quatorze anos vivia tantos desafios sem quase perspectivas.

Logo conclui que o Carlos Drummond era massa. Porque pensei que ele estivesse se referindo ao *crack*. No meu mundo, a pedra de *crack* estava acabando com minha família, meu pai estava em seu limite e, como mágica, algumas palavras traduziram tudo.

Me recordo também que após ser impactado pela poesia, eu quis saber mais sobre o assunto, quis ler mais poesias e fui à biblioteca da escola pela primeira vez por vontade própria. Eu busquei alguns livros e levei pra casa. Não lembro com clareza os títulos, mas lembro que Clarice Lispector, Patativa do Assaré, Manuel Bandeira, Vinícius de Moraes e Carlos Drummond de Andrade eram os autores dos cinco exemplares que reservei.

Naquela fase começou a se desenhar um novo cenário; minha relação com a escola, com a família, com amigos e a rua ganhou um brilho, uma intensidade nova. Minha relação com a escola, por exemplo, se estreitou. Eu senti que a arte seria uma ferramenta muito importante para o meu processo educacional, mas sentia uma enorme dificuldade de conciliar. Nem sempre as matérias da escola eram o que entusiasmava meu coração e fazer essa união arte e educação foi um trabalho e tanto.

Eu tinha uns 16 anos, e não via a escola do jeito que me diziam que ela era. Como uma coisa que salvaria minha vida, não pra o que eu precisava naquele momento. Talvez por isso eu produzia tanto no Projeto Enxame e não na escola. Eu tinha muitas faltas, muitas. Eu chegava na porta e não entrava pra ficar lá fora escrevendo. E eu queria evoluir muito rápido, queria aprender muito rápido. Precisava me fortalecer, ou era aquilo ou ia pra outra parada, talvez o crime.

As atividades do projeto ficavam na minha cabeça. Todo dia que eu voltava pra casa, voltava com uma coisa diferente, uma reflexão diferente. Quando eu chegava na escola isso quebrava, com conteúdo, com matemática, com o professor falando que eu não prestava. E isso me tirava do fluxo. É como se na escola não tivesse espaço pra ser artista, pra poesia, pra deixar fluir o aprendizado e, no Enxame, eu percebia que eu tinha a liberdade de me perceber e produzir.

Eu queria ser mais artista e a escola quebrava isso. Chegou um momento em que eu passei a causar na escola, era uma briga pessoal. Já que eu não podia ser livre, já que diziam que eu não queria nada e nem prestava pra nada, eu usava o que eu tinha aprendido: a raiva, a violência, pichava a escola toda. Uma vez, quando o banheiro tinha acabado de ser reformado, eu me tranquei e pichei tudo. De certa forma, eu estava querendo dizer alguma coisa, não estava apenas jogando raiva na parede em forma de picho. Mas ali, quem teria a sensibilidade de me ouvir?

Aí, nas feiras de ciência, de cultura, eu comecei a botar a minha cara. Eu dizia: olha, eu sei falar disso aqui, mas do meu jeito, e fazia um *rap*. Tinha um trabalho, eu fazia todo rimando, e era a forma que eu aprendia. Ganhei concurso de poesias na escola, fazia rodas de rimas no intervalo e passei a falar mais, opinar, me posicionar. Peguei gosto pelo poder da palavra!

A direção da escola começou a ficar mais atenta aos meus movimentos. Me convidaram pra fazer a arte das camisas e o *slogan* de uma feira de cultura, me dediquei e cheguei num ideal. Eles usaram. Hoje, vejo que os pequenos detalhes interferem muito na nossa história, na narrativa dos nossos percursos. Ainda nesse período, eu na sala da diretoria desenhando, fui beber água no bebedouro que ficava na sala dos professores, aí a diretora disse que eu não poderia beber ali. Eu questionei. Ela disse que os professores pagavam por aquela água, que eu só poderia beber do bebedouro do pátio, permitido para os alunos. E eu disse: Cê tem noção do que você tá falando pra mim? Eu num valho um copo d'água?

Eu tretei com ela. Fiquei com raiva. Me senti desvalorizado. Talvez não pelo copo d'água , mas pela forma como recebi a informação. Ali eu já reconhecia o poder e a força de me comunicar, a palavra pra mim já era a minha arma, minha forma de lutar.

Como eu havia feito um *rap* com o tema da semana cultural, que era sobre o aquecimento global, ficou acordado que eu cantaria na apresentação da feira. Cantei a primeira música, algumas professoras e pessoal da gestão acenando como se estivessem gostando. Toda escola reunida no pátio, a galera toda. E eu esperei o momento certo pra falar:

– Cantar é muito fácil. Porque qualquer pessoa pode cantar na batida, mas eu acredito que tem que ter atitude. Aconteceu uma coisa comigo aqui.

Quando comecei a tocar no assunto, aquilo que eu acreditava ser pendências da escola, a diretora veio pegar o microfone da minha mão.

– Não, você não vai pegar o microfone da minha mão. Eu vou falar! Não admito ser censurado!

Continuei sem curva, disse:

– Vocês estão vestindo uma camisa que eu fiz o desenho. Vocês acham justo que eu não possa beber um copo d'água na sala dos professores? Qual a diferença deles pra nós? Nós somos todos iguais, vieram me dizer que eu não podia beber um copo de água porque era uma água paga.

Mantive o diálogo com os alunos e os professores, quando concluí, dei o microfone pra diretora. Na hora que ela começou a falar todo mundo saiu. Acabou o evento. Eu me encaminhei para o bebedouro e a galera veio me procurar me apoiando, dizendo que eles queriam dizer aquilo que eu tinha dito, que eu consegui fazer uma coisa forte. Aquele episódio me fez ganhar o respeito da escola, dos professores e da direção. Consegui sentir que eu poderia canalizar minha violência e as forças que me envolviam.

Depois disso a direção da escola me procurou e a gente passou a estabelecer parcerias. Cresci, evoluí muito dentro da escola. O que acho muito especial é que naquele momento a troca de saberes fluiu e foi muito forte a conexão, o que gerou coisas superprodutivas pro meu futuro e pra comunidade escolar.

Dezesseis anos de idade foi uma fase de fortalecimento e uma busca intensa por conhecimento. Também foi a vivência de situações decisivas: fiz minha primeira viagem de avião em uma oportunidade de representar jovens do Ceará, num Seminário de Políticas Públicas, em Brasília. Ali tive acesso a um novo caminho, vi pela primeira vez algo de cima, me senti reconhecido, respeitado e senti o mundo me olhando de igual pra igual. Lembro quando subi na cobertura do hotel, lembro que tomávamos banho de piscina e comíamos batata frita. Eu olhando pro horizonte lá do alto.

Vi Brasília toda projetada, uma cidade visitava meus olhos e meus olhos a cortejavam. Eu estava no topo de um edifício. Meu coração fez um bloco de três perguntas em pouco mais de 10 segundos:

O primeiro bloco foi:

De onde eu venho? Onde nasci e fui criado por quem? Quais as condições em que eu fui me desenvolvendo no mundo? Que brincadeiras eu gostava de fazer na rua? Como eram as roupas que eu vestia naquela época de infância? Como eu cheguei ali?

O segundo foi:

Onde eu estou no espaço físico? Onde estou no cenário da minha vida? Que tipo de ferramentas e oportunidades me fizeram chegar ali? Quem são as pessoas que amo e devo honrá-las? Que coisas gosto de viver hoje? E como tudo isso me impulsiona pra vida?

O terceiro foi:

Onde eu quero chegar?

Essa pergunta foi diretamente no meu coração e ali descobri que é no coração que habitam todos os sonhos e vi um futuro brilhante no meu horizonte. E respondi pra mim: eu quero ir pelo Brasil, inspirando pessoas, contando minha história, cantando meu *rap* e fazendo minha poesia. Eu ainda não imaginava a proporção que tomaria esse novo sentimento dentro de mim e nem como se refletiria na minha vida, mas sentia uma força grande no coração, um despertar incrível, era como se eu pudesse tocar os sonhos com as mãos. E eu tocava!

Quando eu voltei para Fortaleza, cheguei em casa e já fui logo anunciando a todos que eu queria ser poeta; falei pro meu pai, ele me perguntou: quanto que ganha um poeta?

Minha mãe observava e dizia: vai em frente, vai dar certo meu filho, mas não pode parar de estudar, presta atenção nos estudos! E meu pai continuava a questionar quanto eu ganharia, me apresentando outras possibilidades, talvez de mudar o ritmo, de *rap* pra forró. Não que ele gostasse de forró, mas dava mais dinheiro, segundo ele.

Por um lado até entendo o posicionamento do meu pai, ele deve ter feito uma análise rápida no histórico familiar, no histórico de amigos e não deve ter encontrado nenhum poeta vencedor. E pra ele que tinha essa visão bem fechada era mais coerente questionar e sugerir. Minha mãe sempre recebeu minhas ideias de forma acolhedora, sendo mais sensível e sugerindo cuidar do futuro.

Dos 16 aos 18 anos de idade eu vivi uma fase muito incrível! Meus pais tinham voltado a morar juntos e eu estava focado em degustar todas as artes possíveis, mais uma vez enalteço a importância da oportunidade. Participei de oficinas de teatro, *rap*, grafite, poesia, artes plásticas, fotografia e tantas outras. Cada oportunidade somava na minha construção como artista e me fortalecia como ser humano, além de me ajudar a não perder o foco. Todos os dias eu realizava algum movimento pelo meu maior sonho. E até hoje tem sido assim.

Aos dezoito anos fiz minha primeira viagem a São Paulo e fui novamente de avião. Agora a oportunidade veio através de um programa chamado Geração Muda Mundo, de uma ONG Internacional chamada ASHOKA que apoia e incentiva jovens empreendedores no mundo. Neste programa, tínhamos que elaborar um plano escrito e apresentá-lo; assim o grupo ganhava um financiamento semente pra implementar. Foi a primeira vez que apresentei um projeto. Construído por mim e meu amigo Mariano, a ideia era levar o *hip hop* pra Zareia em forma de oficinas, queríamos de alguma maneira retribuir ao mundo os conhecimentos que recebemos e levar uma nova possibilidade e oportunidade para os jovens da nossa comunidade.

Foi realmente incrível viver aquilo. Era 2008, logo que voltei pra Fortaleza, estava em um ônibus indo a um trabalho, quando olhei no relógio digital da rua e vi que ele marcava 30°. Aquela imagem me remeteu ao frio de São Paulo e tudo que vivi, puxei um bloquinho que sempre tinha no bolso e escrevi:

Lembrei de mim a 900km por hora no céu azul
4 horas de viagem do Nordeste ao Sul
Cheguei feliz em Guarulhos, fui fazer meu barulho
Em troca trouxe pra casa o peito cheio de orgulho
Lembrei da infância: quando eu via passar o avião
Não imaginava que estaria lanchando no Galeão
De São Paulo pro Rio esse céu eu sobrevoei
E pra você que não viu nesse solo eu também pisei
Pisei e fiz diferente fiz minha história valer
Lá eu plantei a semente e o fruto eu sei vou colher
Transitei entre a elite comparei com o gueto e vi:
Posso romper o limite e ter aquilo pra mim
Sob o céu cinza de São Paulo, o vento frio e sublime
Eu vi alguns importados e a prata da Limusine
Se o dinheiro não sobe a tua cabeça, passeou pela minha
Me fez ver o que não tenho e o que com ele eu teria

Sei que a felicidade não está nos bens que se tem
Mas não descarto a possibilidade de viver bem e tão bem
Tudo do bom e do melhor, consumindo só o melhor
E sabendo que foi pago com o valor do meu suor
O concreto do Sul é igual ao de Fortaleza
Nada como a natureza mas tem a sua beleza
Joguei 90 minutos, marquei 3 na partida
Somei 3 pontos na vida e dediquei à torcida
Venci fora de casa e feliz retornei
Fortaleza, Ceará a minha origem eu honrei
Voltei num voo feliz conduzido por serafins
Meus olhos brilharam aqui no Pinto Martins.

Fui e vim, voltei estou aqui,
Estou feliz olha o sol sorrindo pra mim
Não paro aqui tenho muito a seguir,
Me espera Brasil que estou indo pra aí

Estou aqui em Fortaleza olha o sol 30° graus
Suando o rosto e o corpo e até que isso é normal
O sol que aquece bronzeia a moça linda na praia
Fui pro Sul, mas estou de volta, ó o movimento das áreas
Semeio a vida e já tenho frutos maduros
Sigo vivendo o agora, sem descartar o futuro
A felicidade me acompanha e eu até sei por quê
Não importa onde eu for, vou vencer e vencer
Não tenho outra opção por isso faço meu nome
Sorrir me alimenta e estou sempre com fome

Às vezes me pego envolvido por um certo desânimo
E de repente o desânimo se transforma em ânimo
Olha o sol... Me ilumina nessa terra
Sei que fui e ainda vou mas estou aqui pronto pra guerra
Vejo as ruas que caminhei, ônibus que viajei
Os carros que passeei, aviões que já voei
Dificuldades que passei, lágrimas que derramei
O sorriso que encontrei e olha só aonde cheguei
Do Ceará pro Brasil encarando cada segundo
Voraz e sutil eu vou do gueto pro mundo.

Quando leio esse verso hoje, me bate uma nostalgia e ao mesmo tempo me vem uma gratidão que não cabe em mim. Tantas pessoas que doaram um pouco do seu tempo, instituições que investiram, pessoas que criaram ideias que impactaram minha vida. Por isso, vivo a poetizar a vida doando um pouco de mim para inspirar você.

Ano a ano fui aprimorando meus conhecimentos, ganhando sensibilidade e sempre atento às oportunidades. Trabalhei como arte-educador em projetos sociais, em projetos da prefeitura, do governo e de ONGs. Dos 18 aos 23 não parei de escrever, rimar, versar, contar minha história e anunciar os sonhos, até que em 2010 nasceu no meu coração um sonho que mudou meu olhar, minha sensibilidade e interferiu diretamente no meu futuro.

Com meus poemas na mão eu sonhei em gravar um CD de poesia com *rap*! Mas minha pergunta era: Quanto custa? Quanto vai custar pra eu gravar esse CD? É muito comum a gente olhar pros nossos sonhos e perguntar o valor financeiro deles, antes de mensurar seu valor real. Confesso que me frustrei com a pesquisa que fiz. O valor financeiro era, em média, trinta mil reais. E eu não tinha nem trinta reais, que dirá trinta mil.

Mas aprendi que quanto mais se anuncia um sonho, mais chances você tem de realizá-lo. E foi o que fiz, anunciei, gritei e disse pra todas as pessoas que eu via na minha frente e todo dia. Segui anunciando sonhos e poetizando a vida, até que entre encontros e desencontros, fui ao estúdio de um amigo que era colaborador do Projeto Enxame, o Estúdio Radiadora, do meu amigo Lamarke Cabral. Lá eu vi o Salmos. Salmos que era voluntário quando eu era educando do Enxame. Ele tava tocando uma melodia dentro do estúdio e eu senti que minha poesia precisava dessa melodia. No ímpeto senti: é disso que preciso, melodia, poesia e *rap*.

Peguei um copo d'água, entrei no estúdio e sem perder tempo, pedi ao Salmos pra ouvir de novo aquela melodia. Era uma música que ele havia composto pra filha e após ouvir eu perguntei:

– Ei mah, tu faria uma melodia dessa, numa batida de *rap*, pra eu cantar uma poesia em cima?

– Traz a poesia e a batida que a melodia eu faço aqui!

Ali eu tive mais um encontro especial. Mais uma pessoa acolheu uma ideia minha. E em um trabalho coletivo criamos a primeira música.

Depois da primeira, fizemos várias e o sonho de gravar um CD estava bem próximo. O Lamarke Cabral, dono do estúdio, conversou comigo e disponibilizou duas horas por semana pra gente gravar. Era uma oportunidade e tanto! E claro nós topamos! Mesmo sabendo que pra gravar uma música precisaríamos de, no mínimo, vinte horas corridas. Pra nós não importava se só tínhamos duas horas por semana, o importante era estar perto do sonho para que um dia pudéssemos vivê-lo intensamente nas vinte e quatro horas dos próximos dias.

O período de produção e gravação se estendeu por um ano. Após concluir a gravação, tivemos outros desafios como o encarte, fotos e prensagem dos exemplares. Por meio de trabalho coletivo, parcerias e ação empreendedora, conseguimos finalizá-lo. O Sidarta Cabral, irmão do Lamarke, que atuava como coordenador do Enxame, topou fazer a arte da capa. Pamela Gaino, uma grande amiga que conheci no programa Geração Muda Mundo, topou fazer parte da construção desse sonho e fez as fotos do disco. A direção musical ficou por conta de Enos de Lima e Salmos Rafael. Conseguimos juntar uma grana e fizemos as primeiras mil cópias do CD. Ali nasceu uma nova história, um novo poeta, uma nova maneira de fazer *rap*. Um sonho se realizava. Lembro de perguntar ao Salmos o que faríamos com os CDs, como eles iam chegar às pessoas.

Em setembro de 2011, lançamos o CD "Entre o Batuque do Coração e a Poesia da Vitória", no Anfiteatro do Dragão do Mar, em Fortaleza. Levamos amigos de oito comunidades para nos prestigiar. A surpresa foi conseguir vender, de mão em mão, mil cópias em apenas um mês.

No segundo mês, ganhamos um prêmio internacional, chamado Soluções Positivas, reconhecido pela MTV América Latina. O reconhecimento veio da ideia de inserir preservativos personalizados em cada encarte de CD e falar sobre o combate ao vírus HIV. Por conta disso, lançamos o disco em Buenos Aires, na Argentina e em Montevidéu, no Uruguai. Nosso sonho começava a se esparramar pelo mundo. Até aqui vendemos dez mil cópias desse primeiro registro musical, todas de mão em mão.

Quando voltei pra Fortaleza, refleti sobre o que eu estava fazendo pelo meu estado, que contribuição eu estava trazendo pra minha comunidade, pra minha cidade. Foi aí que surgiu o desejo de contar minha história aos alunos da rede pública. Conversei com o Mariano sobre a ideia de irmos às escolas onde a gente estudou, achei que seria massa levar nossa experiência de vida pra galera que vem de onde a gente veio, que passa por situações e desafios parecidos. Mariano ficou entusiasmado e já se propôs a falar com o pessoal da escola dele e eu fiz o mesmo. Conseguimos criar uma intervenção que demos o nome de "O poder dos sonhos". A ideia era contar essa trajetória com uma mistura de *rap* e poesia, além de levar uma mensagem motivacional, de esperança, de dizer pra todos que os sonhos têm poder, que juntos podemos construir novos caminhos e fazer valer nossa história.

Foi mágico voltar à escola onde estudamos, rever os espaços, alguns professores, agora assumindo um papel diferente, o de conduzir processos educativos através da arte. As duas ações foram um sucesso, os alunos se identificaram e os professores acolheram como ferramenta de impulso pra escola. Logo foi se formando uma rede: um professor que dava aula em outra escola pegou nosso contato e levou a gente pra lá; um aluno que ouviu sobre a gente e deu a dica pro diretor; e assim foi, quando nos demos conta, já tínhamos visitado mais de vinte escolas.

FUI PRO SUL,
MAS ESTOU DE VOLTA,
Ó O MOVIMENTO
DAS ÁREAS
SEMEIO A VIDA E JÁ
TENHO FRUTOS MADUROS
SIGO VIVENDO O
AGORA, SEM DESCARTAR
O FUTURO
A FELICIDADE ME
ACOMPANHA E
EU ATÉ SEI POR QUÊ
NÃO IMPORTA ONDE
EU FOR, VOU VENCER
E VENCER.

CONQUISTAS

CONQUISTAS

O Batuque viajou por dez estados do Brasil e dois países da América do Sul, além de viver a dádiva de conhecer mais de 100 cidades do Ceará. Em quatro anos levando essa intervenção, visitamos mais de 400 escolas da rede pública e o nosso trabalho se estendeu para outros espaços como eventos empresariais e culturais. Levamos nossa mensagem ao Instituto Tecnológico da Aeronáutica – ITA e ao TEDx Fortaleza, onde mil pessoas puderam conhecer minha história.

Fui um dos condutores da tocha olímpica durante sua passagem por Fortaleza, nas Olimpíadas de 2016. Enquanto caminhava refleti sobre essa chama que não se apaga em mim, lembrei de quando eu e minha mãe iluminávamos a casa com lamparina e ela cuidava pra chama não apagar, enquanto fazia uma prece: que não se apague a chama da esperança. Tenho a felicidade de saber que por cada lugar que passei até aqui, inspirei pessoas e tenho vivido um sonho.

Hoje me vem um sorriso no rosto sempre que olho pra essa história, vejo os caminhos que percorri e os rastros de poesia que venho deixando no mundo. Pra dar continuidade a esse legado foi que criamos a Batuque do Coração, produtora de arte urbana que atua no Ceará, para produzir e disseminar arte com a proposta de inspirar e provocar as pessoas a sonharem e acreditarem no poder dos sonhos. O Batuque é o ponto que nos conecta e nos faz pulsar e o coração é o que envolve todo o sentimento de trazer o melhor de cada um de nós para mudar o mundo.

Depois de ter gravado em um estúdio emprestado, hoje temos a felicidade de poder emprestar nosso estúdio para que outros jovens artistas tenham a oportunidade de se conectar aos seus sonhos. Para mim é gratificante poder retribuir ao mundo tudo que tenho recebido. Essa energia que emana das pessoas: cooperação, força, vitalidade e um turbilhão de emoções. Eu me derramo em gratidão e êxtase em saber que as oportunidades que recebi não mudaram ou interferiram apenas em minha vida. Hoje sou o fio condutor para que essa missão de amor e vida sempre ecoe.

Tenho ouvido tantos agradecimentos! Tantos professores inspirados! Tantos alunos de escolas públicas que voltaram a sonhar! Como educador social tive a oportunidade de acompanhar centenas de adolescentes em diversos projetos. Um deles foi o projeto Expressões do Futuro, que cheguei a coordenar na comunidade Caça e Pesca, na Praia do Futuro. Foi lá que conheci um jovem, entre tantos outros, com uma vontade incrível de aprender, sem tempo nem hora, e que precisava se fortalecer. Lembrei muito de mim quando ouvi sua história e gostaria de apresentar a você um jovem que leva as cores de seu grafite ao mundo.

(ENTRA BULAN)

Sou Lucivan da Silva, conhecido como Bulan; tenho 24 anos e fui resgatado pela arte.

Conheci o Felipe através de um amigo. Eu tinha 14 anos, era pichador, e esse cara tentava me levar para o grafite. Então ele me convidou para ir a um projeto no Caça e Pesca, bairro onde eu morava, ministrado pelo Felipe. Acabei me inscrevendo e, em seguida, já participei de uma ação para pintar um muro. Foi ali que conheci o grafite, seus estilos e os elementos que compõem o *hip hop*. Paralelo a isso o Felipe também dava oficina de *rap* na casa dele; eu comecei a ir porque eu queria estar ao máximo junto do movimento, queria aprender mais e mais. Como as atividades começavam às sete da manhã, eu comecei a ir à casa do Felipe todo dia nesse horário. Às vezes não tinha projeto e eu ia na ansiedade dele acordar e grafitar. Eu ia nem que fosse carregando um balde ou um compressor, eu queria estar junto porque via nele uma referência.

Brincava que a família dele tinha me adotado, porque passava mais tempo na casa dele do que na minha. E assim a gente foi criando uma relação não de educador para aluno, mas de amigos. Eu tinha total respeito e admiração pela figura do Felipe. Quando o conheci foi como uma porta abrindo. Na época eu não tinha referência, moleque que nasce em periferia só tem de referência jogador de futebol ou o crime, nenhuma do lado da arte. O Felipe tinha uma história parecida com a minha, ele me entendia, é um cara que veio do mesmo lugar que eu, então se ele estava ali eu poderia estar também.

Nasci e me criei no bairro Caça e Pesca, em Fortaleza, sou o terceiro filho de um pai pedreiro e mãe doméstica, ambos eram alcoólatras na minha infância. Lembro de uma vizinha falar que o juizado de menores chegou a ir buscar eu e meus irmãos e ela nos escondeu pra não nos levarem. Cheguei a vender dindim na praia, aos oito anos de idade, pra comprar as coisas que meus pais não podiam dar. Ao mesmo tempo, na minha formação, eu via um de meus irmãos envolvido no crime. Ele era envolvido com o tráfico e fazia pequenos furtos. Vendo tudo aquilo, minha mãe pedia pra eu vigiá-lo. E eu tinha acesso a todos os tipos de drogas, armas, dinheiro de assalto. Eu não praticava, mas eu convivi, via quando eles chegavam dos assaltos, com as armas. E eu percebia naquilo um poder. Eu era pequeno, mas andava no meio dos grandes, andava com os caras do crime e quando as pessoas me viam com eles, elas tinham respeito. Eu era irmão do cara, ninguém mexia comigo.

Entrei na pichação aos 13 anos; a primeira vez que peguei uma lata de *spray* eu achei fantástico, era como ter a magia na mão. Depois de um tempo, já como integrante de uma das maiores gangues de pichação de Fortaleza, eu vi que aquilo era um mundo muito pequeno, que eu poderia ir além. E eu via minha mãe chorando em casa por causa do meu irmão. Nessa fase eu comecei a trabalhar, fazia o que estava ao meu redor, catava latinha, pescava, andava léguas e léguas por dia catando estrumo (tido como adubo) e vendendo para madames que tinham jardim. Foi aí que eu passei a dar valor ao meu dinheiro.

Uma vez, ao entregar um trabalho de matemática para minha professora, ao fim da aula, ela nem olhou pro conteúdo, mas admirou o desenho que eu tinha feito na capa, tinha feito as letras estilo grafite, colorido. E ouvi:

– Nossa, Lucivan, você é um artista!

Levei um choque e pensei: "como assim artista, logo eu? Não, sou artista não". Foi quando ela pediu meus desenhos e mostrou para a sala inteira. Eu fiquei envergonhado, mas os meus colegas começaram a vir me pedir para desenhar no caderno deles. Aí eu vi que aquilo poderia me aproximar das pessoas numa visão melhor. Aquela foi a primeira vez que eu fui à diretoria por um motivo bom, porque a professora teve a ideia de que eu criasse um painel para a feira de ciências. A partir dali eu comecei a ganhar o respeito da minha professora, dos meus colegas e depois da escola inteira.

Nessa época o meu irmão tinha caído na dependência do *crack*. Ele fumava o chamado mesclado, que é o *crack* com a maconha. Quando ele usava ficava outra pessoa, inquieto, nervoso. Eu vi o meu irmão desabar de uma vez. Ele começou a roubar dentro de casa, dar mancadas na comunidade e aí as pessoas não perdoam. Ele teve que ir embora. Hoje se recupera do vício.

Foi exatamente nesse tempo que eu conheci o projeto ministrado pelo Felipe. Ele me apontou a direção, sempre com bons conselhos sobre o que eu deveria seguir. Eu me conectei com a história dele, via a ânsia que ele tinha de vencer na vida, mesmo já sendo um vencedor. Porque ele já tinha saído de algo, já era arte-educador. Foi quando decidi que iria fazer grafite, que eu queria aquilo para a minha vida. Em 2008, aos 16 anos, já saía grafitando com o Felipe, ia aos eventos de *rap*, *hip hop*, fui monitor de oficina, aprendi a dar aula, a fazer plano de ensino. Bati na porta de várias ONGs e elas abriram as portas pra mim.

Em 2013, viajei pela primeira de vez de avião. Fui convidado a participar de um evento em São Luiz do Maranhão, junto a outros artistas do Ceará. Quando eu estava lá em cima, eu identifiquei minha comunidade e chorei de emoção vendo o mundo de cima. Tive a oportunidade de conhecer grafiteiros que eram referências pra mim, gente que eu conhecia por vídeos e revistas, e eles puderam conhecer a minha história, o meu trabalho. Também participei do processo de montagem do Batuque do Coração, comecei tirando fotos nos eventos do Felipe, passei um bom tempo vendendo os CDs nas palestras, depois fui dar oficina nos projetos. Sempre me preocupei em estar junto, não apenas como amigo, mas sendo parte do crescimento dele e dando minha contribuição. Hoje eu sou como um conselheiro do Batuque, sou fotógrafo, *videomaker*, cinegrafista, arte-educador, o que precisar.

Eu acredito muito na questão da oportunidade, eu acredito muito no social porque eu sou oriundo do social. Tive acesso a um projeto na minha comunidade e fico imaginando que se não fosse esse projeto, o que eu seria hoje? Será que eu estava aqui, será que eu era esse Bulan ou será que eu era o Bulan bandido? Eu acredito muito no poder desses projetos, dessas intervenções, eles são capazes de transformar a vida das pessoas, assim como transformou a minha e a do Felipe. Porque onde o governo não está com a educação, com projetos, com alguma coisa, o crime está. Quem mora em periferia já nasce no meio do crime: ou vem algo pra evitar, ou aquele jovem segue aquele caminho.

(ENCERRA BULAN)

DIFICULDADES QUE
PASSEI, LÁGRIMAS
QUE DERRAMEI
O SORRISO QUE
ENCONTREI E OLHA SÓ
AONDE CHEGUEI
DO CEARÁ PRO BRASIL!
ENCARANDO CADA
SEGUNDO
VORAZ E SUTIL,
EU VOU DO GUETO
PRO MUNDO.

O poder dos
Sonhos

O PODER DOS SONHOS

Tenho viajado por aí e viajado muito dentro de mim. Vou me refazendo como um novo homem, novo poeta, sempre com o olhar aceso de menino, cria da Zareia. Mesmo com tantas realizações, é inerente ao ser humano buscar aprimoramento e nessa busca tenho me confrontado, me questionado. Com a maturidade de hoje, já com quase 30 anos, meu coração poetiza assim:

Eu lembro de acordar e perguntar o que vou ser (Senhor!)
E às vezes nem isso eu poderia escolher (Senhor!)
Eram várias opções, mas escolha não existia (Senhor!)
Regras, limites, condições era o que tinha.

Entre o que tem que ser feito e aquilo que cê gosta.
Entre a vida dos sonhos e pergunta sem resposta.

Quanto você quer no mês?
Quanto você faz no mês?
Quanto gasta nesse mês?
Quanto vale o seu mês?

Interrogações! E eu vi que pra vencer.
Eu só queria comer por fome e por prazer.
Um prato que agrade o meu paladar
Poder pagar pra viver em qualquer lugar.

Sim, eu quero viver e o preço é caro.
Não paro, pois quero viver momentos raros
O mundo é tão previsível, mas nem tudo é visível
E pra fazer o impossível cê tem que subir o nível.

Pelo amor, por dinheiro, pela família mova-se
Se o mundo desacreditar, não pare, mova-se!
Abrace oportunidades, mesmo nesse mundo que é tão injusto
Escreva sua história no mundo e seja justo.

Eu quero viver
Viver, viver, viver.

Lutar contra o que for pra viver
Viver, viver, viver.

Buscar o que eu quiser pra viver
Viver, viver, viver.

Me sentir vivo e viver
Viver, viver, viver.

E na cerca do impossível nós abrimos uma brecha. (Com caneta e papel)
Entramos! E agora ninguém fecha. (Eu escrevo a minha história)
Eu não vim sozinho, meus chapas estão comigo.
(Eu sou autor da minha história)
Nós representamos vida e pra muitos, isso é um perigo.

E tem mais, nós vamos derrubar a cerca!
Pra que sonhos ganhem vozes e a esperança não se perca.
Pelo que você lutou?
Pelos sonhos da família, pelo que você chorou?

Viver vai muito além, eu quero ir além.
Vou dar o meu melhor, porque eu quero viver bem.
Quero eu e você, com poder, o gueto mais informado
Nós lutando de igual pra igual, contra um mundo bem armado.
(De informação)

Até o mundo entender que ser humano é ser humano
Que valores não têm preço e que o amor é soberano.

E sei que há quem pense, que o que eu falo é utopia
Mas hoje estamos aqui e eles ouvem o que antes não ouviriam.

Parou pra nos ler, ouvir e eu fui educado a calar a boca
E agora nossa história ecoa aqui. E o timbre da minha voz te alcança.
Que fita louca!

Pelos sorrisos que eu não vivi
Pelo que eu nasci pra fazer
Eu quero viver!

Viver! Eu gosto dessa palavra, ela é forte, me inspira! Viver é nosso norte. Mesmo sabendo que um dia morreremos, nós nascemos pra viver. E mesmo que a matéria se vá. Nossa história e o legado fica.

Hoje volto na esquina da Zareia e, com o mesmo sentimento forte de viver, vejo a rua onde cresci, vejo os moradores e as casas, quase tudo muito igual. Existem aqui casas que são do mesmo jeito há mais de vinte anos, algumas mudaram apenas a cor da parede de fora. Me vejo a contemplar os olhares, os sorrisos e me sinto agraciado pela vida em poder trazer e receber essa energia dos sonhos. Olhando pro muro do prédio que um dia furou minha bola dente de leite, me bate uma nostalgia de quando o cheiro das manhãs trazia esse som que aqui habita. A favela da Zareia é meu lar. Meu ponto de partida. A dureza e a leveza, o que me lapidou, me fortaleceu, me acolheu, me fez ser forte pra lutar contra o mundo. Meu coração se enche de felicidade em saber que esses pensamentos que agora permeiam minha mente estão sendo lidos por você, invadindo seu imaginário e trazendo reflexões.

Agora estou sentindo que um novo ciclo nasce, pois acabo de concluir meu primeiro livro. Também gravei meu primeiro CD oficial, no maior estúdio de música da América Latina, o estúdio da Red Bull, em São Paulo. Posso ter minha mãe e o meu pai comigo, juntos, equilibrando e conduzindo nossa família.

Meu pai hoje é um empreendedor. Trabalha em parceria com um sócio no ramo de hotelaria, além de pescar no mar, o que ele gosta muito de fazer. É lindo ver que ele se superou e renasceu, me emociona e me inspira. Sempre vejo ele sorrindo, aquele homem duro, hoje, tem sempre um sorriso no rosto, faz brincadeiras com todos em casa e deixa fluir uma história que nos educa sempre que olhamos pra ela. Minha mãe é a mulher mais forte que conheço, ela tem a capacidade de ensinar a todo momento e tem uma fé inabalável na vitória, sempre acredita que vai dar certo, mesmo nas mais adversas situações se manteve em pé. Inclusive é uma coisa que eu digo muito pra ela hoje:

– O que muito me orgulha na senhora, mãe, é que eu sempre te vi de pé. Já te vi magoada, triste, ferida, mas nunca caída no chão. Obrigado por me passar tantos valores assim. Tenho certeza que meus futuros filhos receberão com amor essa nossa história.

Não dá pra não sentir as perdas nesse processo, mas as cicatrizes existem para nos lembrar que ainda estamos vivos e que cada marca é a impressão de uma história no nosso corpo. Exatamente nessa fase em que meus projetos pessoais estão se consolidando e abrindo um novo ciclo, eu tenho a felicidade de ver todos os meus irmãos em casa e minha família reunida depois de mais de uma década de luta. Ainda existem muitos desafios, eles sempre existirão. Mas essa história irá ecoar pelo mundo e tenho certeza de que muitas pessoas irão receber com a mesma gratidão que recebo essa poesia hoje.

Você luta pra ter uma grana e gastar com a sua família.
É tanto tempo pela grana e pouco tempo pra família.
O tempo passa, te consome, tudo muda e você nem viu.
E às vezes a grana chega e tua família sumiu.

Mas, se você não levantar e sair pra trabalhar?
O tempo vai passar. E o que você vai conquistar?

A confiança de um pai? O sorriso de uma mãe?
Momentos felizes? Um brinde do melhor champagne?

Encontrar os amigos, tirar uma onda e deixar fluir?
O que você precisa pra se sentir vivo e sorrir?
Qual o teu lugar? Onde você quer chegar?
E quanto você pode pagar pra essa vida desfrutar?

A gente vive em um mundo novo,
um novo mundo de aparência e hipocrisia.
Ele é aniquilador de sonhos e ofuscador de poesias.
É o mundo e seus padrões: o que pode e o que não pode.
Onde: quem pode, pode e quem não pode, se "sacode".
Eles te fazem acreditar que a tua vitória é inacessível.
Eles te fazem acreditar que o teu sonho é impossível.
Sabotam a educação, concentram bilhões.
Condenam um pivete que é avião, mas traficam ilusões.

A vida te apresenta os dois lados da moeda.
Quem vai tá na tua glória e quem vai tá na tua queda.
Entre a vida e o mundo, tá todo mundo lutando.
Uns por um prato de comida, outros por um carro do ano.

Mas só você sabe a sua dor, ninguém chora no seu lugar.
Uns dois ou três vão te dar amor, milhares vão te julgar.
E os problemas são seus e eles vão vir pra te abater.
Mas não podem tirar o Poder dos Sonhos de você.

MAS SÓ VOCÊ SABE A
SUA DOR, NINGUÉM
CHORA NO SEU LUGAR.
UNS DOIS OU TRÊS
VÃO TE DAR AMOR,
MILHARES VÃO
TE JULGAR.
E OS PROBLEMAS SÃO
SEUS E ELES VÃO
VIR PRA TE ABATER.
MAS NÃO PODEM
TIRAR O PODER DOS
SONHOS DE VOCÊ.

ÍNDICE

Texto: Felipe Rima

Editores
Edmilson Alves Júnior
Igor Alves
Irenice Martins

Jornalista Convidada
Mariane Dantas

Revisora
Joelci Morais

Ilustrações da Capa e Internas
Bruno Ribeiro

Projeto Gráfico e Diagramação
Equipe CeNE

Edição Conforme o Novo Acordo Ortográfico da Língua Portuguesa
Dados Internacionais de Catalogação na Publicação (CIP)

Rima, Felipe.
Sonhos e as Pedras no Caminho – Felipe Rima – Fortaleza\CE, CeNE, 2017.

112p.: 14,0 x 21, 0 cm
ISBN 978-85-68941-06-5

1.Motivação. 2. Poesia 3. Literatura. 4. Rap. 5. Drogas

CDD. 370

CeNE
EDITORA

Av. Santos Dumont, 1343 – Loja 4 –
Centro – Fortaleza –CE – CEP 60.150-160
www.editoracene.com.br
(85) 2181.6610